KB017712

조금 괴로운
당신에게
식물을 추천합니다

조금 괴로운
당신에게
식물을 추천합니다

임이랑
지음

바다출판사

이 책은 내 인생에서 가장 무해한 대상을 향한 러브레터입니다. 온 마음을 다해 좋아하는 나의 식물 친구들을 향해 쓴 글이에요. 나는 이제껏 이렇게 이타적인 존재를 사랑해본 적이 없었습니다. 사람은 상처를 주고, 관계는 피로를 남기죠. 일은 나를 탈진하게 하고 세상은 복잡하고요. 그렇지만 식물만은 달랐습니다.

작은 화분 안에서 씨앗을 틔우고 싹을 올리며 경이로운 삶의 과정을 고스란히 보여주는 존재들. 그들은 언제나 내가 그들에게 정성을 쏟는 꼭 그만큼의 싱그러움으로 나를 이끌어주었습니다. 그 정직한 과정을 반복해 겪으며 나는 점점 더 커다란 마음으로 식물을 대할 수 있게 되었습니다.

우울은 수용성이라고 합니다. 샤워나 수영처럼 우리 몸에 물이 닿는 행동에는 우울을 씻어내는 효과가 있다고 해요. 뜨거운 샤워 후에 하루가 리셋되는 기분을 느끼는 걸 보면 맞는 이야기 같아요. 나에겐 식물에게 물을 주는 행위가 꼭 그렇습니다. 흙 사이로 물이 스며드는 소리, 물구멍으로 귀여운 소리를 내며 빠져나오는 물, 흡족하게 물을 마시고 햇빛을 바라보는 식물이 나의 우울을 적당히 씻어줍니다.

마음만 앞섰던 초보 가드너 시절이 있었습니다. 식물이 시름시름 앓으면 영양제부터 사다가 화분 가장자리에 꽂곤 했어요. 이파리가 생기를 잃으면 넘치도록 물을 콸콸 부어주었고요. 그러면 식물들이 뿅! 하고 다시 건강해질 줄 알았거든요. 그때부터 써온 식물 이야기가 어느덧 한 권의 책을 꽉 채우고도 남을 만큼 자라났네요. 덩달아 나도 함께 자랐습니다. 한 장의 이파리가 시드는 것에 매달리지 않고, 화분 전체의 균형에 신경 쓸 수 있을 만큼까지요. 다행히도 거기까지 자랐습니다.

씨앗에서 이파리로, 이파리에서 꽃으로 자라나는 모든 과정이 아름답고 고마워서 가끔은 찍고, 가끔은 적었어요. 너무 꾹꾹 눌러 담으면 뿌리가 숨을 쉬기 힘들 테니 가장자리를 툭툭 치는 것으로 이 책의 밀도를 조절합니다.

기쁜 날에도, 슬픈 날에도 식물들에게 신세를 많이 지고 삽니다.

가꾸면 가꿀수록 풍성하게 자라는 식물들에 기대어 살아 보겠습니다.

정원을 가꾸는 것처럼 내 마음도 가꿀 수 있도록, 계속 해 보겠습니다.

2020년 2월

임이랑

차례

조금 괴로운 당신에게 식물을 추천합니다

안녕! 나는 이랑이라고 해요. 디어클라우드라는 밴드에서 노래를 만들고, 베이스를 연주하지요. 음악을 만들고 연주하는 일은 보통 해가 지면 시작하지만, 요즈음 나는 해가 떠 있는 동안에도 초보 가드너로 사느라 꽤나 분주하답니다. 얼마 전부터 심각한 식물앓이를 하고 있거든요. 감기에 걸리면 감기약을 먹을 텐데, 소화가 안 되면 소화제를 먹을 텐데 식물앓이에는 약도 없네요.

이름만으로도 무시무시한 식물앓이 증상에는 1. 첫눈에 반한 식물은 어떻게든 길러봐야 직성이 풀리고 2. 과일을 먹는 날에는 그 안의 조그만 씨앗을(아보카도의 경우는 커다란 씨앗을) 적신 솜 위에 얹어 싹을 틔워봐야 하고 3. 상추, 민트, 루꼴라, 고수, 바질처럼 쉽게 키울 수 있는 작물은 자급자족해야만 기분이 좋아지는 병이랍니다.

조그마한 새순을 바라보며 멍하니 앉아 있는 순간이 내 삶의 상처를 치료해주곤 하는데 왜 그런지, 어떻게 그럴 수 있는지는 모르겠어요. 거친 흙에서 피어오른 여린 이파리와 그 잎을 이루는 잎맥, 그 잎맥에 흐르는 생명력이 내게 작은 안식이 된다는 사실만 겨우 알고 있어요.

몇 해 전 한참 불안했던 시절이 있어요. 노래를 짓기 어렵고, 잠도 잘 못 자고, 어떤 것에서도 즐거움을 찾을 수 없는데다 불쑥불쑥 이유 없이 불안하고 식은땀이 흐르곤 했지요. 그맘때였어요, 처음으로 식물에 정을 붙이기 시작했던 때가. 물론 그 전에도 식물을 좋아했어요. 자주 물을 주고 무조건 햇볕을 많이 쬐면 식물이 좋아할 거라 생각하며 그냥 예뻐서 들인 화분을 차례로 죽이던 무모한 마음의 주인이었지만요. '왜 내가 키우면 잘 안 자라는 걸까? 왜 내 손에서는 다 죽어나가지! ㅇㅇㅇㅇㅇ!' 하는 기분이 늘 마음 한구석에 자리하면서도, 또다시 식물을 들이는 우매한 사람이었어요.

그때는 식물도 사람이나 동물처럼 모두 각자의 방법과 삶이 있다는 걸 전혀 알지 못했어요. 그저 일주일에 두 번 물을 주고 햇볕을 쬐면 식물은 무조건 사는 줄 알았지요. 직접 내리쬐는 볕을 싫어하는 식물이 있고, 흙을 바짝 말려줘야 더 건강해지는 식물이 있다는 사실 같은 건 알지 못했어요.

아레카야자와 고무나무는 그런 상태의 내게 선택된 식물들이었습니다. 불안한 나날들 가운데 '식물이 필요해. 식물을 키울 거야!'라고 여느 때처럼 마음먹고는, 커다란 도기 화분에서 자라는 이 친구들을 들인 것이었지요. 공기정화에도 좋고 집에서 키우기 쉽다는 녀석들이라 겁도 안 났어요. 덩치 큰 아이들은 무조건 잘살 거라고 생각했던 것 같아요. 그런데 때에 맞춰 물을 주고 해를 보여주는데도 하루가 다르게 시들시들해져가는 거예요. 딴에는 도움을 준답시고 일단 이 둘을 한여름 땡볕에 내놓고 잎과 흙에 물을 콸콸 부어댔지요. '이렇게 햇빛을 보고 통풍 잘되는 바깥에 있으면 하루 이틀 만에 건강해지겠지' 하는 마음으로요. 아마 약간 우쭐했던 것 같기도 해요. 몇 시간 후 테라스에 있는 아레카야자와 고무나무를 보고 얼마나 놀랐는지 몰라요. 고무나무는 그 탐스럽던 잎을 다 떨군 채 목대만 남았고, 아레카야자의 진녹색이던 잎은 온통 갈색으로 타버렸더군요. 그날 처음 알았던 것 같아요. 낑낑거리며 화분을 테라스에 내놓고, 콸콸 물을 부어주던 내 사랑이 이들에게는 독이었다는 것을요. 급하게 검색해보니 아레카야자와 고무나무는 직광을 피해야 하는 식물이더라고요. 집에서 키우기 더없이 좋은 식물인데, 그간 비실비실했던

건 아마도 내가 일주일에 두 번씩 꼬박꼬박 물을 주었기 때문에, 그러니까 과습으로 서서히 익사하고 있었던 것이지요.(초보 가드너들이 식물을 죽이는 이유는 대부분 과습이래요.)

시간이 지나면서 알게 되었어요. 식물을 키우는 일은 곧 '관심'의 문제라는 걸요. 내 집의 어떤 창에서 가장 빛이 잘 들어오는지, 내가 키우는 식물이 건조한 걸 좋아하는지 습한 걸 좋아하는지, 일년생인지 다년생인지 관심을 갖고 길게 바라봐주면 즐겁게 크는 게 바로 식물이라는 걸요.

요즘 나는 사람들에게 식물을 길러보라고 추천합니다. 반려동물을 키우고 싶지만 자신이 없다는 친구에게, 회사의 좁은 책상이 삭막하게만 느껴진다는 지인에게, 마음의 골이 깊어지고 있어 괴롭다는 사람에게 식물을 추천해요. 만약 당신이 해가 덜 드는 집에 산다면 고사리류를 권하겠어요. 어디서나 쉽게 구할 수 있는 보스턴고사리는 공기정화에도 좋고 보슬보슬 이파리도 예쁘답니다. 혹시 당신이 밝은 집에 사는 부지런한 사람이라면 동백이나 율마는 어때요? 해를 좋아하고 물도 자주 먹는 아이들이지요. 귀찮은 건 질색이지만 그래도 식물을 들이고 싶다면 스투키가 좋겠어요. 물을 자주 안 줘도, 대단한 관심 없이도 잘 살아남으니까요. 사람과 사람 사이에 궁합이 있듯 사람과 식물 사이에도 궁합이 존재해요. 각자 자기한테 맞는 식물이 자그마한 화분에서 자기만의 우주를 만들어가며 영차영차 새순을 내고 산소를 뿜어내는 모습을 보며 살게 된다면, '나도 언젠가 괜찮아지지 않을까? 천천히 조금씩 성장할 수 있지 않을까?' 하는 작은 위안을 얻을지도 몰라요.

그러니 조금 괴로운 당신에게 식물을 추천합니다.

* 아레카야자와 고무나무는 여전히 잘 지내고 있습니다.

우리 집에 수박이 산다

'서울의 꽃 시장' 하면 보통 양재동에 있는 거대한 분재 화원이나 고속터미널에 있는 절화와 조화를 파는 꽃 시장을 떠올리기 마련입니다. 늘 그곳에 갈 때면 설레고 즐거워요. 개인적으로는 그 두 곳 외에 좋아하는 시장이 한 군데 더 있습니다. 바로 종로 꽃 시장이에요. 아는 사람만 알음알음 찾는다는, 봄이면 서울 각지의 어르신들이 마당에 심을 묘목이며 모종을 사러온다는 작고 사랑스러운 꽃 시장이지요. 양재 꽃 시장의 분화 온실(화분을 파는 가·나동)과 비교하면 이곳 시장의 규모는 몹시 자그마해요. 반의반쯤이나 될까요. 또 비싸고 깔끔한 도시의 다른 식물 가게들처럼 유행하는 식물이나 수형이 기막히게 예쁜 아이들도 거의 없지요. 그저 착하고, 기본에 충실한 식물들이 차곡차곡 자리하고 있습니다. 그럼에도 이곳을 찾는 데엔 특별한 이유가 있어요. 식물을 판매하는 할머니와 할아버지들의 무뚝뚝한 정직함이 존재하기 때문이에요.

종로 꽃 시장에는 묘목 가게가 많습니다. 어느 커다란 가게에 들어서면 마치 내가 이상한 나라의 앨리스가 된 것 같은 기분이 들어요. 분주한 종로의 큰길에서 뒷길로 빠져나가는 골목에 묘목들이 빼곡히 서 있는데, 키가 크고 삐쩍 마른 묘목들이 각자의 색깔을 드러내며 누군가를 기다리는 모양새가 참 기괴하고도 아름답지요. 비옥한 땅에 심어두고 한두 해 눈과 비를 맞히면 저들은 얼마나 아름다워질까. 얼마나 당당하게 이파리를 내고 꽃을 피우고 열매를 맺을까 상상하는 것도 즐겁고요. "아, 마당 넓은 집에 살고 싶다"라는 말이 탄식처럼 터지게 되는 곳이랍니다.

지난봄에 부자재 몇 가지를 구입하러 종로 꽃 시장에 들른 적이 있어요. 간단한 지지대와 비료 몇 가지, 화분 받침 몇 개가 필요했거든요. 봄맞이 모종 몇 가지도 들여놓을 생각이었고요. 인터넷에서 따로따로 사기엔 가격이 워낙 싸서 배송비가 아깝고, 양재까지 가기엔 너무 멀어 종로로 향했습니다. 버스를 타고 종로 5가 신진시장 정류장에서 내려 뜨거운 호떡 하나를 사들고 슬렁슬렁 꽃 시장을 돌며 미리 생각해둔 옥

수수, 상추, 방울토마토와 고수 모종을 구입했습니다. 그런데도 무언가 아쉬웠던 모양이에요. 계획에도 없던 수박 모종까지 사고 말았습니다! 충동구매라면 그간 셀 수 없이 많이 해왔지만 모종을 충동구매한 건 처음이었어요. 그런 나 스스로가 꽤 웃기게 느껴졌습니다.

'어느 여름밤 시원하게 먹을 수 있게 크고 달콤한 수박이 열렸으면 좋겠네.' 그 봄의 나는 대체 무슨 생각이었을까요. 거대한 수박이 이파리 한 장에서 뿅! 하고 튀어나올 리 없다는 걸 뻔히 알면서도 주머니에 지갑이 있고, 눈앞에 궁금한 식물이 있다는 이유로 덜컥 용감해졌던 걸까요.

단돈 700원짜리 수박 모종을 텃밭에 심은 지도 그렇게 벌써 석 달이 흘렀습니다. 수박 모종에서 뻗은 줄기는 하루가 다르게 쑥쑥 자랐어요. 텃밭이 좁다며 제멋대로 텃밭을 넘어 덱deck으로 올라와 수직으로 가로지르며 줄기를 뻗더니 바닥까지 내려왔어요. 그러면서도 "아직 한참 멀었지!"하고 소리치듯, 내게 눈길 한 번 찡끗 보내더니 바닥을 지나 다시 덱으로 올라갈 만큼 길어졌습니다. 자라나는 속도가 어찌나 빠른지 매일 아침마다 한 뼘씩 길어지는 것 같아요. 마치 내 작은 테라스에 공룡이 살고 있는 것 같았지요.

석 달 동안 이 거대한 줄기를 잘라야 하나 말아야 하나 백

번쯤 고민하다 뒤늦게 인터넷을 뒤지기 시작했어요. 수박이 살기에 내 텃밭은 너무 좁고, 수박 생장에 적합한 비료를 쓰고 있는 것도 아니기에 이 친구가 제대로 열매 맺을 수 있을지 의문이 생겼지요. "접목을 시켜야 한다" "몇 번째 줄기를 잘라야 한다"는 식의 전문 지식들이 쏟아져 나왔어요. 물론 인터넷에서 알려주는 대로 하지는 않았습니다. 자를까 말까 고민만 했지요. 그런데 갑자기 보름 전부터 거대한 줄기를 타고 작은 동그라미 하나가 손톱만 하게 올라앉더니 얼굴에 줄을 긋고 동전만 해지는 거예요. 그러다 탁구공만 해지고 야구공만 해지더니 장맛비를 며칠 맞고 나서는 내 손바닥보다 커지고 말았습니다. 수박 줄기가 매일매일 쑥쑥 자라던 것처럼 열매도 점점 무거워졌고요.

매일 아침 일어나 수박이 얼마나 자랐는지 구경하는 일은 요즘 내가 가장 좋아하는 일입니다. 이렇게 방치했는데도 수박이 자라나는 게 마냥 신기해서 나는 "막상 갈라보면 속이 하얀색일 거야" "속이 붉고 생김새가 멀쩡해도 한 입 베어 먹으면 진짜 맛없을 거야" 하며 계속 '불량 수박 음모론'을 펼치고 있어요. 너무 신기해서 그래요. 서울에서 나고 자라고 살아가는 나는 마트에서 파는 10킬로짜리 수박이 익숙하지, 줄기와 잎사귀를 달고 자라나는 저 아이가 아직도 많이 낯설

거든요.

당신이 이 글을 읽고 있을 즈음 나는 우리 집 수박이 맛있는지, 맛없는지 알게 될 겁니다. 달고 맛있다면 좋겠지만 속이 곯았거나, 싱겁거나, 붉은색이 아니더라도 크게 실망하지 않으려고 해요. 봄에서 여름으로 넘어오는 동안 이 700원짜리 수박 모종 하나 덕분에 충분히 즐거웠으니까요. 조그맣게 자기만의 텃밭을 꾸리고, 한 번에 많은 양을 사는 게 부담스러운 상추나 허브 같은 채소들을 키워 먹는 것, 무엇보다 이 작은 식물 친구들(혹은 우리 집 수박처럼 거대한 아이)을 키우는 것은 그 자체로 정말 즐거운 일입니다.

우리 집에는 매일매일 덩치를 키워가는 수박이 살고 있어요.

* 그렇게 우리 집 수박은 핸드볼 크기 만큼 자라나 어느 비오는 밤 혼자 쩍하고 갈라졌습니다. 아삭하고 단맛이 하나도 없는, 그렇지만 세상에서 가장 맛있는 수박이었어요.

내겐 너무나 사랑스러운 괴물

처음 몬스테라에게 반해버린 순간을 기억합니다. "11월의 태국은 최고야"라는 친구의 말에 어느 가을 방콕으로 떠난 날의 일이었지요.

내 첫사랑 몬스테라는 방콕 외곽의 작은 호텔 정원에 살고 있습니다. 그가 사는 곳은 온갖 탐스러운 연두색 양치류가 건물을 뒤덮고, 키가 10미터쯤 되는 관엽식물이 건물 중앙을 차지하고 있는 멋진 곳이었어요. 시내로부터 꽤 멀었지만 워낙 조경이 훌륭해 보이는 곳이어서 주저 없이 그곳을 숙소로 골랐지요. 짧고 정갈하게 깎은 잔디, 밤이면 어슬렁어슬렁 산책하다 만나는 손바닥만 한 달팽이, 작은 연못에 살고 있는 연꽃과 거대한 플루메리아까지 모자랄 것 하나 없는 완벽한 곳이었는데, 난생 처음 보는 식물 하나가 특히 눈에 띄었어

요. 그 친구가 바로 내 첫사랑 몬스테라입니다.

이파리 하나가 내 몸통보다 크고, 마치 날개처럼 찢어진 모양에 구멍이 숭숭 뚫려 있기도 한 녀석들에게 순간 압도당했습니다. 쟤들은 대체 뭘까? 뭐지? → 아, 아름다워! → 너무 신경 쓰이네! → 어머나, 사랑에 빠졌어! 순식간에 마음을 뺏겨 버렸지요. 한참을 감상하다가 이파리의 구멍 사이로 비치는 빛과 바람에 흔들리는 모양을 보며 마음먹었어요. '서울에 돌아가면 꼭 몬스테라를 키워야지' 하고요.

'몬스터monster', 즉 '괴물'이라는 이름을 가진 이 식물은 멕시코가 고향인데, 말 그대로 그 모양새가 괴물 같다고 해서 '몬스테라'라고 불리게 되었다고 해요. 잦은 비바람과 뜨거운 태양에서도 살아남기 위해 이파리가 갈기갈기 찢기고 구멍이 뚫려 기괴한 형상을 갖추게 되었다고 하지요. 정글의 거대한 나무에 붙어 자라는 이 친구들은 조건이 맞는 곳에서는 키가 20미터도 넘게 큰다고 하니 괴물이라 불리는 것도 퍽 잘 어울립니다.

당신은 몬스테라를 본 적이 있나요? 이 이름이 낯설어 대답하지 못하더라도, 아마 당신은 일상에서 여러 번 몬스테라와 마주쳤을지 몰라요. 반짝이는 물건을 모아놓은 상점이나 액자 속 그림에서, 아니면 누군가의 멋들어진 인스타그램 피드 속 배경으로 만난 적이 있을 겁니다.

몬스테라는 덩치가 너무 크고 성장이 빠른 편이라 과거 한국의 주거 양식이나 정서에는 썩 어울리지 않았던 것 같아요. 그래서 별 인기를 얻지 못하고 서서히 사라져가고 있었는데 몇 해 전부터 갑작스레 재조명을 받더니 요즘엔 높은 인기를 구가하고 있지요. 세상의 모든 것이 그러하듯 식물의 세계에도 유행이 존재하니까요.

서울에 돌아오자마자 나는 마음먹었던 대로 몬스테라를 찾았습니다. 조금씩 이들의 인기가 높아지면서 수요가 조금씩 증가하는 시기였음에도 화분에 담긴 몬스테라까지 찾는 것은 어려웠어요. 앞서 이야기한 것처럼 한국에서는 이미 재배의 손길이 끊겨가고 있었으니까요. 몬스테라 화분을 파는 판매자는 없었지만, 아쉬운 대로 수경재배용 절화 몬스테라를 데려올 수 있었습니다. 몬스테라는 물을 좋아하고 뿌리를 쉽게 내리는 습성을 가진 터라 절화 판매가 용이하거든요.

멋있게 갈라진 이파리를 배송받아 기근을 물에 담가두고 매일매일 보는 게 참 즐거웠습니다. 그런데 그렇게 몇 달이 지나자 초록으로 탐스러웠던 잎은 노랗게 시들어버렸어요. 이대로 끝이구나, 마음을 놓으려는데 그 빛바랜 생명에서 손바닥 반만 한 작은 이파리가 피어났습니다. 빛이 좋지 않은 자리에서 웃자라 볼품없이 삐죽 키만 커진 녀석……. 그를 곧장 화분에 옮겨 심었어요. 기특하게 틔워낸 생명을 지켜내길 바라는 마음으로요. 다행히 그 후로 그는 건강을 회복해 지금까지 나와 함께하고 있습니다.

멀대같이 큰 – 그러나 아직 찢어진 잎이 없는 – 나의 첫 몬스테라, 풀 네임 몬스테라 델리시오사를 시작으로 작은 구멍 여러 개가 숭숭 뚫린 채 옆으로 늘어져 자라고 있는 작고 납작한 몬스테라 아단소니가 2호, 건강한 유치원생 같던 모종에서 건장한 청년 식물로 성장한 몬스테라 토에리가 3호, 이파리의 반은 흰색, 나머지 반은 초록색이라 한참을 바라보게 되는, 아직은 어린이집에 보내야 할 것처럼 연약한 몬스테라 바리에가타 4호까지……. 몬스테라 식구들은 착실히 늘어가는 중이에요.

어리고 작은 개체를 데려와 키우는 데서 정을 느끼는 나의 식물 키우기 생활엔 재미있는 일이 꽤나 많이 있었습니다. 3호 토에리를 처음 들였을 때가 기억나요. 그는 겨우 자그마한 하트 모양 이파리 세 장만을 가진 어린 모종이었지요. 그런데 너무도 훌륭히, 기대 이상으로 쑥쑥 자라나는 모습을 보여주었어요. 생각보다 빨리 그의 찢어진 이파리를 볼 수 있겠다는 기대감에 사로잡히게 되었지요. 보통 새로운 잎은 한 달

에 한 번꼴로 생기는데, 가장 최근에 난 잎의 배가 갈라지면서 뾰족한 새로운 잎이 돌돌 말린 채로 나옵니다. 대략 보름에 걸쳐 천천히 연둣빛 얼굴을 보여주지요.

다섯 번째 이파리가 나왔을 때 녀석은 이미 손바닥보다 훨씬 커져서 그 후 매달 새 이파리를 틔웠습니다. 그때마다 '이번에는! 이번에는 제발!' 하며 찢어진 잎을 기대했어요. '찢어진 잎'은 네 번째 이파리 이후 무작위로 발현된다고 알려져 있었거든요. 조금 늦은 감이 있긴 했지만, 나의 토에리는 여덟 번째 이파리만에 찢어진 잎을 틔워주었습니다. 뾰족하게 튀어나온 새순에 찢어진 모양새를 보고 기뻐서 춤까지 췄어요. 지금은 더 거대하게 찢어진 아홉 번째 잎을 자랑하는 완전한 어른이 되었지만, 이제나저제나 이 친구가 언제 찢어진 잎을 보여줄까 애태우며 기다렸던 매일매일이 즐거웠습니다.

몬스테라는 사실 이름이 아니라 성입니다. 같은 성을 쓰는 가족이 50여 종이나 있어요. 그중 우리 눈에 예쁘고 가장 익숙한 녀석은 몬스테라 델리시오사입니다. 식물의 세계에는 워낙 개량종이나 변종이 많아 이름에 관한 다양한 견해가 있지만, 나는 그냥 보편적으로 쓰이는 이름을 부르고 있어요. 내가 실수로 1, 2, 3, 4호를 죽이지만 않는다면 3년 후쯤 우리 집은 거대한 몬스테라로 가득할 겁니다. 같은 성을 쓰는 다른 친구들이 하나둘 더 늘어 있을지도 모르고요.

이제 제법 온라인이나 오프라인에서 적당한 가격에 팔리는 걸 보니 시간이 조금 더 지나면 이 사랑스러운 괴물을 어디서든 더 자주 보게 될 테지요.

혹여 당신이 직접 키우지 않더라도 이 외계어 같은 단어가 난무하는 글을 끝까지 읽었다면, 언젠가 우연히 만날 몬스테라를 보고 더 반가웠으면 좋겠네요.

그들은 너무나 사랑스러운 괴물이니까요.

* 3년쯤 지난 2020년, 몬스테라 1, 2, 3, 4호는 예상했던 대로 거대한 괴물로 성장했습니다. 우리 집 거실은 그들의 건강한 몸집으로 가득 채워졌어요. 그 밖에도 같은 성을 쓰는 몬스테라 두비아, 몬스테라 알보 바리에가타, 몬스테라 프리드리히스탈리가 새 식구로 들어왔어요.

나는 언제나 식물을 좋아했습니다. 매년 봄마다 부푼 마음으로 식물을 사들였어요. 다육이면 다육, 관엽이면 관엽, 침엽이면 침엽 각자의 매력이 있는 친구들을요. 버스 정류장 앞 작은 꽃가게에서 파는 식물에 마음을 빼앗겨 두 번 생각 않고 곧잘 데려오기도 했지요. 이렇게 데려온 식물들을 집 안에서 햇볕이 가장 쨍쨍하게 내리쬐는 곳에 두고, 흙이 마를까 사흘이 멀다 하고 물을 주었습니다. 그런데 얼마 지나지 않아 처음 그들이 이 집에 왔을 때 보여주었던 생명력은 사라지고, 작고 단단했던 이파리도 누렇게 시들고 말았어요. 물 주기를 잊지 않았는데 이상한 일이었지요. 그래서 무턱대고 식물 영양제를 꽂아준 것도 여러 번이었습니다.

내 손에 들어와 꽤 오래 버티는 식물은 겨우 몇 개월, 조금 예민한 식물은 한 달도 채우지 못하고 죽어나갔어요. 그맘때 키우던 수많은 식물 중 지금은 딱 한 친구만 살아남았고, 나머지는 모두 내 경험치만 높여준 채 기억에서도 사라졌습니다. 그래도 그 빈자리를 채우기 위해 식물을 구입해 방치하는 무책임한 짓은 하지 않았어요. 그동안 내 손에서 죽어간 수많은 식물에 사죄하는 마음으로 이 글을 씁니다. 식물을 그만 죽이고 싶은 당신을 위한 아주 기본적인 안내서예요.

네 가지만 기억하세요!

바로 적당한 온도와 습도, 통풍과 햇빛입니다! 먼저 온도를 살펴볼게요. 사람이 살기 좋은 온도에서는 대부분의 식물도 즐겁게 지낼 수 있습니다. 따라서 집 안에서 키울 경우, 온도는 크게 신경 쓰지 않아도 괜찮아요. 하지만 베란다나 야외에서 키울 경우, 혹한기와 혹서기를 주의해야 합니다. 특히 겨울철에는 식물 각각의 월동 가능 온도(이하 월동 온도)를 체크해 냉해를 입지 않도록 도와주는 것이 중요해요.

내가 어떤 집에 사는 어떤 사람인지 잘 알아야 해요

당신이 만약 햇볕 쏟아지는 테라스가 있는 집에 살더라도, 식물에게 애정을 충분히 쏟지 않는다면 식물은 끊임없이 죽어나갈 거예요. 당신이 지하에 살고 있다 해도 식물에 대한 관심이 부족하지 않다면, 몇몇 식물 친구는 즐겁게 살 수 있어요. 물론 식물 키우기에서 일조량은 절대적으로 중요한 요소이긴 합니다만, 직광을 좋아하는 식물은 생각보다 많지 않고, 그러니까 적당히 해가 드는 집에서라면 어렵지 않게 실내용 식물은 자랄 수 있습니다. 해가 전혀 들지 않는 집에서라면 '식물등'이라 부르는 식물 생장용 LED 전구를 구비하면 되고요. 이것은 광합성을 할 수 있는 파장을 쏘아 식물의 성장을 돕는 기특한 조명이에요. 해가 많이 들지 않는 집뿐만 아니라 일조량 자체가 적은 겨울철에도 요긴합니다.

물 주는 주기를 정하지 않는 게 좋아요

화분을 살 때 우리 대부분은 판매자에게 며칠에 한 번씩 물을 주면 되냐고 물어봅니다. 그럼 식물 가게 주인의 열에 아홉은 "열흘에 한 번 주세요"라든지 "일주일에 두어 번 주면 돼요" 하는 식으로 명쾌한 답변을 줘요. 그렇지만 이렇게 주기를 정해놓고 물을 줄 경우 당신의 식물은 과습으로 천천히 익사할지도 몰라요. 식물은 각각 자신이 살고 있는 곳의 온도와 습도, 화분의 크기, 일조량, 흙의 종류와 통풍 정도에 따라 물 주는 시기가 모두 다르거든요.

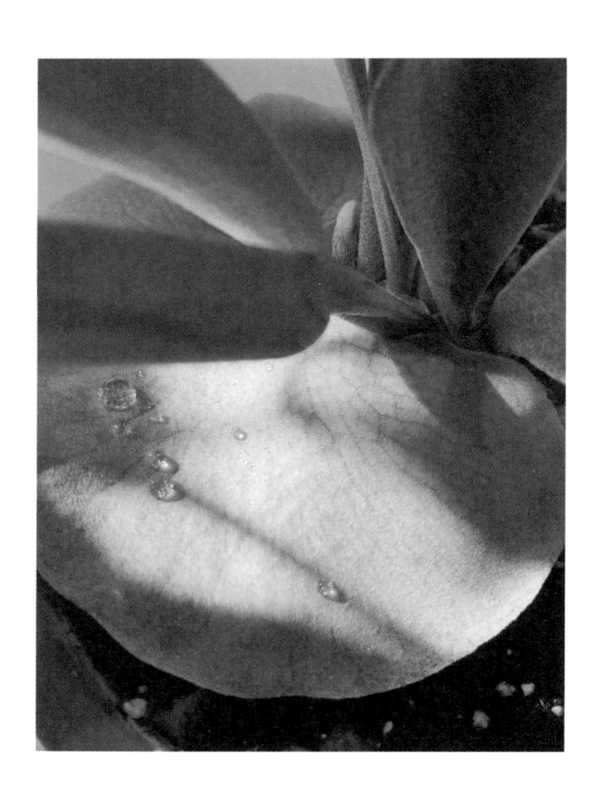

물을 특별히 좋아하는 식물이 아니고서는 겉흙이 완전히 마르고 하루 이틀쯤 숨 쉴 시간을 줘야 건강하게 뿌리를 내릴 수 있어요. 잘 모르시겠다면, 화분 가장자리의 흙에 손가락 한두 마디를 넣어보세요. 적당히 마른 것이 느껴진다면 그때 물을 주는 게 좋답니다.

그리고 당신의 식물 친구는 너무 늦은 시간보다는 아침 일찍 주는 물을 더 좋아할 거예요. 우리도 밥 먹고 바로 잠자리에 들면 더부룩해서 힘들잖아요. 화분 받침에 물이 흥건하게 고여 있도록 방치하는 것도 과습으로 가는 지름길이에요. 물을 주고 나서는 서둘러 뿌리를 말릴 수 있도록 도와주는 게 대부분의 식물에게 좋답니다.

식물도 숨을 쉬어야 합니다

정체된 공기 속에선 사람만큼이나 식물도 괴롭습니다. 당신의 친구가 관엽식물이라면 이파리를 통해 광합성을 하며 이산화탄소를 먹고 산소를 내뿜을 거예요. 이 산소를 적당히 움직이도록 도와주어야 뿌리와 이파리에 부담이 가지 않아 순환이 원활해져요. 그러니 추운 겨울이라도 짧게나마 꼭 환기를 시켜주세요. 서큘레이터나 선풍기의 힘을 빌리는 것도 아주 좋은 방법입니다.

식물의 이름을 검색해보세요

내 식물 친구가 물을 좋아하는지 싫어하는지, 해는 얼마만큼 필요한지 알아두는 것부터 시작하세요. 이 간단한 일이 식물 친구들을 향한 관심이에요. 이들에 대해 알아가는 노력을 기울이면 이들은 당신의 곁에서 오래도록 살아갈 수 있을 거예요. 원산지를 알고, 그곳의 기후와 최대한 비슷하게 꾸며주는 것은 식물들이 자라는 데 정말 큰 도움이 됩니다. 각자의 생장 환경을 고려해 식물들끼리의 자리를 정하는 것도 잊지 마세요. 예를 들어, 뜨거운 나라 멕시코 출신의 친구와 서늘한 고산지대 출신의 친구를 나란히 두고 키우면 곤란하겠지요.

많이 죽여봐야 많이 살릴 수 있어요

식물을 키우며 얻는 경험치가 높아질수록 당신의 식물 돌보기 직감도 발달할 거예요. 열심히 키우고 열심히 죽여봐야 식물을 훨씬 더 잘 키울 수 있게 되지요. 식물을 잘 키우는 방법에는 특별한 것이 없습니다. 끝없는 관심, 그거 하나면 돼요. 쭈욱 관심을 줄 자신이 없다면 비교적 키우기 까다롭지 않은 - 스투키 같은 - 식물을 택하는 것도 방법이에요. 이런 친구들은 다른 식물에 비해 훨씬 천천히 죽을 테니까요. 그렇지만 그것마저도 부담스럽다면 조화를 사보세요. 조화를 이리 보고 저리 보며 '나는 식물을 아주 열심히 죽일 준비가 되었는가' 좀 더 고민해보시길 권합니다.

마지막으로 조금 슬픈 이야기를 하자면, 세상에는 모든 조건이 완벽해도 죽어버리는 파렴치한 식물이 있고, '그린핑거•'를 가진 사람도 어쩔 수 없는 상황에 직면하게 된다는 사실입니다. 식물 키우기는 정말이지 성가신 일이에요. 조금만 소홀히 하면 쉽게 벌레가 생기고 병에 걸리기도 하지요. 물 주기는 또 어찌나 어려운지. 오늘 줘야 할지 내일 줘야 할지 도무지 모르겠는 기분에 빠지는 날도 있습니다. 그렇지만 새순을 '뿅' 하고 틔워주는 순간의 기쁨, 꽃망울을 맺는 아침의 반가움, 어느 고요한 새벽 내 곁에 있는 조용한 생명의 위로를 맛보았다면 그 귀찮음 따위 쉽게 이겨낼 수 있을 거예요.

그러니 힘내세요. 식물을 죽이고 또 죽이는 당신.

• 원예의 재능.((영)green fingers/ (미)green thumb)

다산의 여왕 필레아

우리 집 필레아 2세가 또 새끼를 가졌습니다. 지난번 새끼들이 다 자라기도 전에 동생이 생겨버렸네요. 필레아 1세는 이제 겨우 두 살인데, 벌써 손주가 수두룩하게 많은 할머니가 되었습니다. 아, 걱정 마세요! 필레아는 나의 '반려식물'입니다.

필레아 페페로미오이데스Pilea peperomioides. 이 친구들의 풀 네임이에요. 이름이 너무 길어 보통 '필레아'라고 부르곤 하지요. 필레아와의 인연은 어느 날 우연히 마주한 사진 한 장으로부터 시작되었습니다. 사진 속 필레아에 한눈에 반한 나는 인터넷을 샅샅이 뒤져 겨우 판매처를 찾아내 필레아 한 주를 집으로 데려올 수 있었어요. 그때는 매일매일 영하인 한겨울이었습니다. 그런데도 택배로 필레아를 들여오는 데 주저함이 없었지요. 참, 무식해서 용감했던 것 같아요. 그가 그 추위에도 죽지 않고 내게 와주어 얼마나 고마웠는지 모릅니다.

며칠 만에 도착한 필레아는 내가 상상했던 모양과는 많이 달랐어요. 동글동글 예쁜 이파리와 쭉쭉 뻗은 줄기를 가진 모습을 기대했는데, 구불구불한 줄기와 잔뜩 찢어진 이파리를 달고 나와 나를 실망에 빠뜨렸습니다. 모양새가 못났다며 구석에 숨겨둔 채 방치하고는 100일쯤 키웠을까요. 필레아는 봄이 되자 새순을 엄청난 속도로 뿜어내더니 미모를 되찾기 시작했어요. 아마 내가 식물 덕후가 된 시점도 그때부터였던 것 같아요.

동그랗게 팔을 쭉쭉 뻗으며 자라던 필레아는 금방 새끼를 갖기 시작했습니다. 뿌리끼리 연결된 상태로 모체와 멀지 않은 곳에 자구•가 '뽁!' 하고 튀어나오는데, 정말 '뽁!' 하는 소리가 들리는 것 같은 모양새였어요. '뽁!' 하며 태어난 필레아 2세를 적당히 자라길 기다렸다가 모체에서 독립시켜주었습니다. 새끼손톱 반만 하게 나타난 녀석이 일주일쯤 후 엄지손톱 정도로 자라고 점점 더 그럴싸한 모양을 갖추며 손가락 두 마디만 한 크기가 되었을 때, 모체와 연결된 뿌리를 끊어준

• 원래의 비늘줄기나 덩이줄기에서 발생한 새끼 구.

것이지요. 그러나 실은 이 뿌리를 자르면 시들시들하다 죽어 버리는 게 아닐까 겁을 먹고는 한참을 망설이기도 했습니다.

필레아 2세는 내 손에서 태어나서 그런지 1세보다도 더 많은 정을 주게 되더군요. 봄, 여름 햇살을 맞은 필레아 2세는 폭풍 성장했습니다. 지난날의 걱정은 기우가 되었고, 금세 새끼손가락 굵기만 한 목대가 생기더니 매일 아침 마주할 때마다 눈에 띄게 몸집을 키웠어요. 이윽고 여기저기에서 뿍! 뿍! 뿍! 뿍! 뿍! 새끼들이 생겨나기 시작했습니다. 결국 필레아 2세는 모체에서 독립한 지 고작 두어 달 만에 자구를 열다섯 개나 품은 어른이 되었어요. 왜 필레아를 '다산의 여왕'이라고 부르는지 실감했습니다.

나는 같은 식물을 여럿 키우는 데엔 큰 흥미가 없습니다. 이미 차고 넘칠 정도의 반려식물을 키우고 있는지라 더 들일 자리가 없기도 하고, 새로운 식물을 데려오기까지 신중을 기하는 편이거든요. 언젠가 마당 넓은 집에서 살게 된다면 유리온실을 지어놓고 그동안 키워보고 싶었던 식물을 망설임 없이 모두 다 데려오고 싶은 꿈이 있지만, 정말 그런 날이 오기 전까지는 신중하게 골라 키워야 합니다. 공간의 제약이 있는 만큼 한 가지 식물만 키우는 것보다는 각기 다른 종류와 색깔의 식물로 채워두는 쪽이 더 큰 만족감을 줍니다. 모두 제각각인 성장 방식과 생존 방식을 관찰하는 게 정말 재미있어요.

어떤 녀석은 이파리를 돌돌 만 채 뿌리부터 올라오는가 하면, 어떤 녀석은 줄기를 찢고 새로운 이파리를 내지요. 껍질을 한 겹 뒤집어쓰고 나오는 녀석도 있고, 마치 점만큼 작게 시작해서 크게 성장하는 이파리도 있고요. 몇 달 동안 꼼짝 않고 멈춘 채 에너지를 비축하다가 갑자기 하루 이틀 만에 쑥 자라나서 날 웃게 만드는 녀석도 있어요. 또 어떤 녀석은 이파리를 접은 채 잠이 들고, 아침이면 이파리를 활짝 열고 해를 맞이하지요.

이렇게 꼭 하나씩만 키우는 걸 좋아하는 내게도 필레아만은 예외예요. 필레아 1세는 목대를 길게, 2세는 낮고 풍성하게, 3세는 한쪽으로만 해를 보게 키워서 해바라기 같은 모양으로 자라나게 돕고 있어요. 아마 지금 같은 속도라면 4세와 5세도 금방 생겨나 필레아 대가족이 될 수 있지 않을까 내심 기대하고 있답니다.

올여름부터는 그렇게 자라난 필레아 3세를 친구들한테 하나씩 나누어주고 있어요. 자신 없다고 손사래 치는 몇몇 친구를 제외하고는 거의 모두가 내 필레아 3세와 즐거운 시간을 보내고 있는 것 같아요. 필레아는 다육식물이라 물을 자주 주지 않아도 잘 견디며, 해가 강하지 않은 실내에서도 무난하게 잘 자라는지라 식물 키우기가 처음인 친구들에게 맡겨도 큰 무리는 없는 듯해요.

필레아는 중국 윈난성이 고향인데, 그곳의 기후는 한국보다 온화하다고 해요. 한여름 무더위와 한겨울 강추위만 조심하면 사계절 내내 초록을 자랑하며 오래오래 곁에 머물러주는 다년생 상록수입니다. 작고 여린 시기를 지내고 2년 차에 접어들면 목대가 꽤 길어지고 작은 나무 같은 모양새를 갖추는데, 커다란 나무와 달리 오밀조밀한 재미가 있는 식물이라 어느 장소에 두어도 유쾌하게 잘 어우러져 자꾸 보게 되지요.

혹시 사랑스러운 식물 하나를 당신의 공간에 데려다 둘 마음이 있다면, 필레아 페페로미오이데스는 어떨까요? 이 작은 동그라미들이 당신의 공간을 한층 더 즐겁게 만드는 친구가 되어줄 겁니다.

* 그 후로도 필레아들은 무한 증식하며 많은 친구의 반려식물로 떠나갔습니다.

견디는 겨울

초보 가드너의 겨울은 정말로 심심합니다. 집 안의 식물들은 성장을 멈추거나 느릿느릿 자라고, 집 밖의 큰 식물들은 연일 계속되는 영하의 날씨를 피해 집 안으로 들어와 겨울을 나고 있습니다. 사람도, 식물도 견디는 것 말고는 할 수 있는 게 별로 없는 계절이에요.

누군가 내게 어느 계절을 좋아하느냐고 물을 때면 매번 가을이라 대답하곤 했어요. 그다음은, 언제나 겨울이었습니다. 춥고, 음습하고, 고요해서 좋아했던 계절. 몸과 마음의 문을 걸어 잠그고 살아도 괜찮던 나의 겨울. 겨울에 좋아하는 음악을 들을 때면 마치 심장 가까이에서 그 음률들이 울려 퍼지는 것만 같았어요. 그래서 꼼짝 않고 며칠씩 집 안에서 숨죽이며 보내는 시간을 좋아했지요.

하지만 식물을 좋아하기 시작하면서부터 겨울은 심심한 계절이 되어버렸습니다. 대신 매해 끔찍하게 싫어하던 봄을 기다리게 되었지요. 이런 걸 보면 식물들이 나를 정말 많이 바꿔놓았구나 싶어요. 늦가을부터 식물 친구들의 월동 온도를 알아보고 제일 먼저 영상 10도에서 견디지 못하는 친구들을 집 안에 들였습니다. 그리고 몇 주 후 영상 5도에서 견디지 못하는 친구들을, 그다음엔 0도에서 힘들어하는 친구들을 들여왔어요. 며칠 전 영하 10도 이하에서 견디지 못하는 친구들까지 모조리 집 안으로 들여온 것을 마지막으로 월동 준비를 마쳤습니다. 텃밭에서 살고 있는 유칼립투스나무는 괜찮겠지요? 작년 겨울을 잘 버틴 만큼 올해도 잘 살아남아줄 거라 믿습니다.

나는 화분에 물 주는 게 너무 재미있어 날이 밝은 시간 동안 물뿌리개를 들고 요리조리 다니며 어디 목마른 친구는 없나 살펴보지만 다들 물이 필요 없다고 합니다. 식물은 보통 겨울 동안 온도가 낮고 해가 떠 있는 시간이 너무 짧아 물을 잘 안 마셔요. 봄, 여름, 가을 내내 열심히 새순을 내고 꽃을 피우던 친구들이 갑자기 변해서 서운하네요. 그렇지만 소중한 식물 친구들을 과습으로 죽이고 싶지는 않으니 물 주는 주기를 늘리고 조용히 지켜봐야겠어요.

모든 게 느려지는 겨울이지만 추위가 닥치기 전에 꼭 끝내야 하는 일이 있어 얼마 전까지 참 분주했어요. 바로 구근을 심는 일 때문이었지요. 구근은 '알뿌리'라고도 불리는 양파처럼 생긴 동그란 뿌리예요. 우리가 흔히 알고 있는 노란 수선화나 형형색색의 튤립, 향이 좋은 히아신스 같은 봄꽃 모두 이 구근에서 자라는 아이들이랍니다. 씨앗을 사서 초봄에 뿌리면 무럭무럭 자라 꽃을 피우는 식물도 있지만, 구근식물은 가을이나 겨울에 땅속 깊숙이 심어두면 추운 날씨를 이겨내고 봄에 싹을 틔웁니다.

내가 처음 심은 구근은 새빨간 튤립이었어요. 그땐 손가락 한두 마디만 한 구근들이 영하 20도까지 내려가는 서울의 겨울을 견디고 살아남을 수 있을지 걱정했는데, 놀랍게도 봄이 오는 소식을 제일 먼저 전하더군요. 그 작은 알뿌리 안에 가득 차 있는 생명력이 신기해 꽃이 피는 동안 매일 아침 눈뜨면 제일 먼저 튤립을 구경했습니다. 그 모습이 참으로 씩씩하고 예뻐 마음이 흐뭇했지요.

구근은 땅속에서 작은 새끼 구근을 만들어냅니다. 봄에 꽃이 피었다 지면 여름이 지나고 가을이 오는 동안 줄기와 이파리가 시들고 결국 땅에는 구근만 남아 이듬해에 더 많은 꽃을 피워내는 마법 같은 일이 벌어져요. 작년에 처음으로 텃밭에서 빨간 튤립 열 송이를 키워낸 것을 양분 삼아 올해는 훨씬 많은 구근과 숙근을 사들였습니다. 빨간 튤립만으론 심심해 보여서 하얀 튤립, 겹꽃이 피는 하얗고 빨간 튤립 구근을 추가로 심었어요. 그리고 튤립과 조금 떨어진 자리에는 큰맘 먹고 데려온 겹작약 숙근을 묻었습니다.

구근도 생소한데 숙근은 또 뭔가 싶으시지요? 숙근은 말 그대로 묵은 뿌리를 말해요. 보통 구근에서는 꽃이 한 송이씩 피어나지만 숙근은 해를 거듭할수록 튼실한 뿌리로 자라나기 때문에 더 풍성한 꽃밭을 만들어주리라 기대를 받아요. 나의 숙근들도 작약으로 만발한 아름다운 밭을 이뤄주겠지요?

매년 오뉴월이면 작약 한 다발을 몇 만 원씩 주고 집에 들여왔는데, 막상 손바닥만 한 뿌리를 몇만 원 주고 사려니 어쩐지 긴장되더군요. 보듬어 안으면 행복해지는 동그랗고 탐스러운 꽃을 사는 행위와 손바닥만 한 흙투성이 뿌리를 사는 행위는 엄연히 매우 다른 기분을 갖게 합니다. 그러나 나는 작약을 사서 화병에 꽂아두고 며칠 구경하는 기쁨보다 작약 숙근이 자라나 훨씬 긴 시간 동안 내 텃밭에 피어나는 걸 보는 기쁨이 더 크리라는 걸 잘 알고 있어요.

이 겨울이 지나고 봄이 오면 해와 바람의 손길에 조용히 자라난 식물이 꽃을 피우겠지요. 당신의 겨울은 어떤 모습일지 궁금합니다. 나와 내 식물 친구들은 각자의 자리에서 열심히 견뎌내고 있습니다. 나는 웃으며 잘 지내다가도 어느 날 갑자기 마음이 무너져 마음속 작은 조각 하나를 잃어버리기도 합니다. 아마도 다시는 찾을 수 없겠지만, 애통하거나 괴로워하지는 않으려고 해요.

내 식물 친구들도 물과 양분, 해와 바람이 모자라거나 넘치면 이파리를 떨구고 포기할 때가 있어요. 이제는 잘 알아요. 참고 기다리면 언젠가 꽃을 피우는 좋은 시절이 오리라는 걸. 잃어버린 마음 대신 어디선가 새로운 마음의 조각을 찾는 날이 오리라는 것도요. 부디 당신도 이 겨울을 건강하게 웃으며 잘 견뎌내기를. 그리고 이따금 예상치 못한 곳에서 행복을 만날 수 있기를 기원합니다.

서울 가드너

2월입니다. 바로 엊그제 올해가 시작된 것만 같은데, 1월의 절반을 어리바리하게, 나머지 절반은 멍하게 보내니 한 달이 훌쩍 지나갔습니다. 하루를 조각내어 바쁘고 복잡하게 지내야 할 땐 지독히도 느리게 밍그적거리던 시간은, 헐렁하게 지내도 될 때엔 너무도 빨리 흘러가는 것 같아요. 낮과 밤의 구분이 명확히 존재하는 하루, 배고프면 먹고 아껴뒀던 영화를 마음껏 보는 그런 날들은 왜 눈깜짝하는 사이 사라지는지. 정말이지 풀리지 않는 삶의 미스터리입니다.

나는 2월이 참 좋습니다. 새해의 다짐이 무너지고 다시 내가 될 수 있어서 좋고, 대단한 일이 일어나지 않을 것 같아서 더 좋습니다. 2월엔 늘 무언가를 시작하기에도 늦지 않고, 포기하기에도 빠르지 않은 기분이 들어요. 1월의 비장함이나,

12월의 화려함이 없는 2월엔 온갖 씨앗을 잔뜩 뿌릴 거예요. 텃밭에, 빈 화분에, 배송받은 스티로폼 상자에도 배수용 구멍을 뚫고 흙을 부어 온갖 씨앗을 넉넉하게 뿌려둘 예정입니다. 계절이 흐르면 작은 점으로 시작한 씨앗들이 색깔을 입고, 꽃이 되는 걸 구경할 수 있겠지요.

한 해 더 살아남아 즐거운 일을 익숙한 리듬으로 해낼 수 있다는 게 괜스레 감격스럽습니다. 우선 올해도 어김없이 간단히 수확해서 먹을 수 있는 채소를 심어야겠어요.(루콜라, 상추, 깻잎은 매년 빠짐없이 심고 있어요.) 작년엔 겁도 없이 수박 모종을 심었는데, 너무 거대하게 자라서 재미난 일을 많이 겪었어요. 올해는 또 어떤 새롭고 재미있는 작물을 심을지 고민해 봐야겠네요.

나는 서울에서 태어나 삶의 대부분 시간을 서울에서 보냈습니다. 가끔 지방에 사는 친구들 — 특히 제주도에 사는 친구들 — 이 서울에선 상상도 할 수 없는 자연 친화적인 일상을 보내는 모습을 보면 '나도 조금 덜 붐비는 지역으로 이사를 가보면 어떨까?' 하는 생각이 들지만, 막상 실천으로 옮기기엔 서울은 너무나 매력적입니다. 곰곰이 생각해봐도 역시 나는 24시간 영업하는 카페와 음식점 없이는 살아가기 힘들 것 같아요. 걸어서 5분이면 닿는 대형마트와 영화관을 두고 혈

혈단신 떠나기는 쉽지 않을 것 같아요.

서울이 좋은 이유를 꼽으라면 쉬지 않고 수십 가지를 말할 수 있습니다만, 동시에 치명적으로 아쉬운 점도 단숨에 말할 수 있습니다. 도심의 네모난 집에서 가드닝을 취미로 삼고 사는 것이 참으로 녹록지가 않거든요. 만일 내가 미니멀 라이프를 지향하며 화분 두어 개만을 돌보는 사람이라면 문제가 없겠지만, 우리 집엔 어마어마한 종류의 화분과 옷, 책과 악기가 넘쳐납니다. 비울 수 있는 만큼 비우며 살자고 마음먹어도 워낙 집에서 오랜 시간을 보내는 프리랜서인지라 개선이 쉽지 않습니다.

거실엔 크고 작은 50여 종의 식물이 살고 있어요. TV도 없는 이곳엔 오직 식물과 소파만 놓여 있지요. 서울 가드너는 매일매일 여러 모양의 화분으로 테트리스를 해요. 적정 습도를 유지해야 하는 양치류를 한구석에 차곡차곡 쌓고 가습기를 켜두지요. 햇빛을 최대한 많이 봐야 하는 유칼립투스와 침엽수는 해가 가장 잘 드는 자리에 두어야 하고요. 적당히 건조하고 적당한 빛만으로도 살아갈 수 있는 관엽식물은 조금 어둡지만 통풍이 잘되는 거실 뒤쪽으로 밀려납니다. 직접 비치는 햇살 없이 살게 하는 게 조금 미안한 마음이 들다가도, 가끔 큼직한 이파리를 조심스럽게 닦아 숨 쉬기를 도와주는 것만으로 건강하게 잘 자라나는 걸 보면 참 기특합니다. 나의 식물 친구는 그들 각자의 방식에 따라 조용히 나와 같은 공간을 공유하는 중이에요.

참 신기하게도 해는 계절에 따라 뜨고, 지는 각도가 달라져요. 식물을 좋아하는 사람이 되기 전에는 관심도 없던 것들이 반려식물이 늘어나면서 너무도 중요한 요소가 되었습니다. 서남향인 거실엔 늦가을까지 오후의 햇살이 부족함 없이 쏟아져 들어옵니다만, 초겨울부터는 슬프게도 앞 동에 가려 이른 아침에만 겨우 조각조각 들어와요. 겨울의 부서진 햇빛 한 줌이 너무 아까워 조금 더 해가 필요한 어린 식물을 재빨리 데려와 빛의 조각으로 밀어 넣어요. 별일 아니지만 작은 기쁨이 찾아오는 일입니다. 식물들이 어떻게 느끼는지 정확히 알 수는 없지만, 햇빛을 넉넉하게 쬐고 있는 모습을 보면 나름의 만족이 전해져오는 것만 같아요.

서울의 골목길을 걷다 보면 크기도 모양도 제각각인 화분에 상추며 토마토, 각종 화초를 잔뜩 담아 키우는 사람들의 흔적을 마주하게 돼요. 못 쓰는 욕조에 온갖 꽃과 채소가 자라고, 김칫독이나 커다란 고무 대야에 멋있는 나무가 살기도 합니다. 나는 이렇게 작은 공간도 쪼개어 식물을 심고 가꾸는 도시 사람들의 정원을 구경하는 게 참 좋아요.

담벼락 위, 창문 앞, 지붕 위, 대문 앞 어디 하나 빼놓지 않고 식물이 살아갈 자리를 마련하고 가꾸는 사람들의 마음이 전해질 때 내가 좋아하는 서울이 더 좋아지기도 합니다. 우리는 모두 도시의 네모난 집에서 살아가지만, 자연과 함께 살고 싶은 마음은 어쩌면 본능처럼 마음속 깊숙이 자리 잡고 있는 건지도 모르겠네요. 그저 쉽게 지나칠 수 있는 것에도 관심을 기울이고 애정을 쏟다 보면 회색빛 도시에서의 매일이 더 따뜻한 기운으로 변할 수 있을 겁니다. 소소한 기쁨을 주는 작은 것들은 생각보다 가까이에 있을지도 몰라요.

취향 고문

압축 분무기를 하나 사야겠습니다. 한 손으로 쓱쓱 몇 번 펌프 해주면 자동으로 물이 뿜어져나간다는 그 마법 같은 물건 말입니다. 이젠 더 이상 안 되겠어요!

겨우내 집 안 습도가 30, 40퍼센트로 바닥을 치기 시작하니, 습한 환경을 좋아하는 고사리들이 이파리 끝부터 시들시들 말라가기 시작합니다. 가습기를 틀어두었지만 하나 가지고는 턱없이 부족해요. 두어 개 더 사서 집 안 곳곳 틀어둘까 잠시 고민해봤지만 괜히 거추장스러운 일을 벌리나 싶어 마음을 접었어요. 결국 믿을 것은 나의 튼튼한 두 팔! 생활용품점에서 투명하고 날씬한 분무기 두 개를 사서 양팔로 온 집 안에 물을 쏘고 다닙니다. 마치 서부영화에서 보았던 쌍권총잡이가 된 것 같아요. 그런데 열 번, 스무 번 가뿐하기만 하던 분무질은 하면 할수록 고통스러워집니다. 어쩌면 분무질은 양팔 전완근 단련인 것만 같아요. 묘하게 팔이 굵어진 것 같은데……(웃음) 그저 착각이겠지요.

겨울 찬바람이 조금 잦아들었는데도 실내 습도는 여전히 낮고, 식물들도 여전히 시들해 압축 분무기를 사기로 마음먹었습니다. 그길로 인터넷 세상에서 구할 수 있는 압축 분무기를 검색하느라 한참을 보냈지요. 일반적인 분무기야 작고 예쁜 것들이 많지만, 압축 분무기는 '농업' 카테고리에 속해 있는지라 엄청나게 요란하고 거대한 것뿐이더군요. 게다가 컬러는 형광 노란색, 채도가 한없이 높은 빨간색과 쨍한 연두색…… 열심히 구경해봤지만 차마 결제할 수는 없었습니다. 시선을 돌려 해외 사이트를 뒤지다 드디어 마음에 드는 물건을 찾고는 결제 버튼을 눌렀습니다. '물건 값보다 배송비가 훨씬 많이 들겠군' 하면서도 내심 뿌듯했는데, 며칠 후 재고 부족으로 취소되고 말았어요.

더는 쌍권총잡이 분무질은 할 수 없었습니다. 팔이 너무 아파서요. 눈 딱 감고 한 번만 취향을 배신하자, 마음을 먹었습니다. 그리고 바로 다음 날. 2리터짜리 샛노란 압축 분무기가 집에 도착했어요. 요란한 스티커를 떼어냈더니 노란색이 더욱더 노랗게 보입니다. 마음에 들지 않았지만 푸쉭 푸쉭 펌

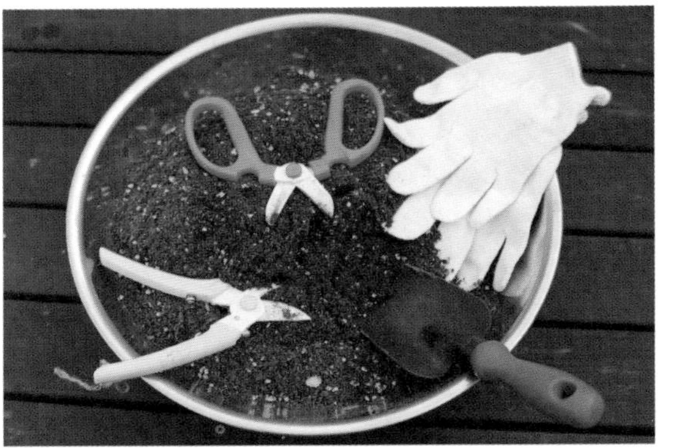

프질을 시작하자마자 나는 이 녀석과 사랑에 빠지고 말았습니다. 디자인이고 색깔이고 상관없이 제 기능에 충실한 압축 분무기는 내 마음을 아주 환하게 밝혀주었거든요.

취향이라는 녀석은 도대체 왜 이리도 만족시키기 어려운지 모르겠습니다. 한때는 내가 좋아하는 색깔, 좋아하는 형태의 물건으로 일상을 채우고 취향을 만족시키는 것을 행복이라 느꼈어요. 그런데 요즘엔 치약이나 샤프펜슬처럼 작은 물건까지도 꼭 취향에 맞게 가져야 한다는 강박적 사고가 외려 나를 더 피곤하고 예민하게 만드는 것 같아요. 내 기준에서 못난 물건은 좀체 마주하기가 더 힘들어지고요. '모든 것이 강박적으로 완벽해야 행복한 기분이 드는 게 취향이라는 놈의 함정일까……' 잠시 골똘해집니다.

가드너들의 세상에도 취향이 존재합니다. 관엽식물을 좋아하는 사람, 침엽수를 좋아하는 사람, 유실수를 좋아하는 사람, 꽃을 좋아하는 사람 등등 나누자면 끝도 없이 세분화할 수 있습니다. 어떤 사람은 화분에 흙을 약간 무겁게 쓰고 물을 아껴서 주는가 하면, 어떤 사람은 물 빠짐이 한없이 좋은 흙에 식물을 심고 매일같이 물을 주기도 하고요. 같은 식물을 키워도 크고 러프하게 키워내는 사람이 있는가 하면, 자그맣게 원하는 화분에 딱 맞춰 키우는 사람도 있지요. 언제 어디서 피어나는지도 모르는 취향이라는 녀석 때문에 곤혹스러운 게 하루 이틀이 아니지만, 취향을 무시하고 즐겁게 살아낼 자신은 없기에 매일매일 취향의 노예로 열심히 벌고, 먹고, 마시고, 쓰고, 걷습니다.

나는 관엽식물을 좋아합니다. 커다란 이파리에서 뱉어내는 깨끗한 공기를 마시는 것이 정말 즐거워요. 가끔은 귀찮지만 정성 들여 이파리를 닦아주기도 하고, 그러다 실수로 성한 이파리를 찢어버린 미안함에 쩔쩔매기도 하고요. 꽃을 피우기 위해 식물을 키우는 데는 큰 매력을 느끼지 못하는 편입니다. 튤립과 작약이 텃밭에 잔뜩 자라고 있지만 그저 호기심으로 키울 뿐입니다. 꽃은 절화로 파는, 이미 어딘가의 농장에서 건강하게 다 자라나 꽃봉오리가 탐스러운 아이들을 집에 들여서 며칠 구경하는 것만으로도 만족스러우니까요.

우후죽순처럼 마구마구 퐁퐁 올라와 자라나는 식물보다는 외목대로 크는 식물이 좋습니다. 세라믹이나 플라스틱 화분보다는 토분을 좋아하고, 서울의 기후에서 키우기 너무 까탈스러운 식물은 본능적으로 멀리하는 것 같습니다. 아무리 예쁜 식물이어도 내 집에서 시들시들하게 그 아름다움을 잃어간다면 안타까울 뿐이니까요.

좋은 건지 싫은 건지 모호함을 느끼는 취향의 사각지대도 좋습니다. 꽃이나 선인장, 나의 새로운 압축 분무기와 벨크로가 달린 운동화 같은 것이 여기에 속해요. 매일을 선택과 결정으로 살아가야 하지만 그럼에도 고달프지 않은 이유는 취향이라는 녀석이 가끔 한 번씩 손에 쥐어주는 달콤한 만족감 때문이겠지요. 햇살 드는 오후, 예쁜 그림자, 건강한 초록 식물들과 함께 듣는 쳇 베이커의 노래.

아, 물론 압축 분무기는 안 보이는 곳에 깊숙하게 넣어두고요.

열대식물 관찰기

조금 일찍 여름을 느끼고 싶어 남국에 있는 작은 섬에 다녀왔습니다. 다섯 시간을 날아 코타키나발루 공항에 도착하니 시간은 이미 밤 열한 시. 서울에서부터 입고 있던 얇은 패딩과 카디건을 벗어 백팩에 구깃구깃 욱여넣습니다. 공항을 나서자마자 폐에 들어차는 덥고 습한 공기. '드디어 여름에 도착했구나!' 하는 묘한 설렘과 불안이 동시에 느껴집니다.

우리의 목적지는 '가야'라는 이름의 자그마한 섬입니다. 가야섬에 가기 위해서는 시내에서 배를 타고 조금 더 들어가야 하지만, 날이 밝은 때에 배를 타야 했기에 선착장 근처에서 하룻밤을 보내기로 했습니다. 더운 공기를 피해 얼른 택시를 잡아타고 허름한 호텔에 체크인을 했어요. 이미 밤은 늦었는데, 더운 나라답게 늦게까지 영업하는 식당과 카페들이 눈에 띄었습니다. 일단 고수가 잔뜩 들어간 국수를 한 그릇 후루룩 비워내고, 끝내주게 달고 차가운 커피 한 잔을 마셨지요. 달콤한 음식을 좋아하지만, 커피만은 쓰게 마시는 내게도 동남아의 달달한 커피는 빼놓을 수 없는 즐거움입니다. 날씨와 분위기에 따라 맛과 향이 다르게 느껴지는 경험은 언제나 새롭고 놀랍습니다.

첫날 밤이 어떻게 지나갔는지도 모르게 아침이 찾아왔어요. 최종 목적지인 작은 섬에서는 전화가 터지지 않고, 정글 같은 숲이 펼쳐져 있으며, 원숭이와 멧돼지가 아주 많이 살고 있다고 해요. 또 바닷가에는 형형색색의 열대어들이 많다고 하고요. '해가 떠 있는 동안 열심히 수영을 해야지.' 부푼 꿈을 안고 섬으로 가는 배에 올랐습니다. 승객을 예닐곱쯤 태운 통통배를 타고 30분 남짓 달리는 동안 좌현에서 우현에서 거센 바람과 파도가 불어닥치는 바람에 바닷물을 뒤집어썼습니다. 섬에 도착할 즈음엔 마치 옷을 다 입고 바다를 헤엄쳐 섬에 도착한 사람 같은 몰골이 되었지요. 해가 쨍쨍하고 바람은 살랑살랑 불어오니 홀딱 다 젖은 처지도 나쁘지만은 않게 느껴졌어요. 게다가 키가 큰 야자나무와 드넓은 바다를 보니 마음이 탁 트여버렸습니다.

남국에 갈 때마다 놀라운 점이 있는데, 그건 바로 그곳에

사는 사람들의 식물 사랑입니다. 어느 도시에 가나 크고 작은 정원을 꾸며놓은 것도 예쁘고, 호텔이나 리조트는 대결하듯 경쟁적으로 조경을 가꾸지요. 아름다운 광경을 보니 식물 덕후는 그저 즐겁답니다. 내내 최저 기온과 최고 기온의 차이가 크지 않고 따뜻하며, 따갑다 싶을 만큼 햇살이 강하고, 굵은 빗줄기가 시원하게 내려 식물들이 목마를 틈이 없으니 남국에 사는 친구들은 신나게 키와 덩치를 키우겠지요. 워낙 식물이 아름답게 잘 자랄 수 있는 기후이기에, 이 나라 사람들이 식물을 더 사랑하는 건지도 모르겠습니다. 서울에서는 키우기 힘든 거대 야자나무부터 야생 크로톤, 박쥐란을 비롯한 각종 양치식물과 히비스커스, 드라세나, 이름 모를 화려한 꽃과 이파리가 풍성하게 널려 있는 모습에 심장이 쿵-쿵-쿵-쿵- 요란하게 뛰기 시작합니다.

짐을 풀자마자 수영장으로 향해 한참 물 위에 떠 있다가 혼자 조용히 산책을 했어요. 체크인할 때 바쁜 마음으로 쓱 보고 지나쳤던 식물들을 열심히 구경할 요량으로 천천히 섬을 걷기 시작합니다. 목조건물들 사이에 잡초처럼 마구 피어난 고사리가 제일 먼저 눈에 띄네요. 서울에서는 애지중지 가습기를 틀어가며 습도를 맞춰드리고 귀하게 모시는 식물인데 이곳에서는 아무 틈새에서나 비집고 피어나는 존재로 살고 있네요. 이파리 하나가 내 몸통만 한 필로덴드론이 《잭과 콩나무》에 나올 것 같은 키가 커다란 나무에 착생해 안락하게 직광을 피해 크고 있는 모습도 예쁘고, 난생처음 보는 종류의 몬스테라와 어마어마한 사이즈의 아스플레니움도 너무 멋있습니다. 역시 열대의 식물 구경은 행복합니다. 다들 건강하고 즐거워 보이거든요.

다음 날은 섬 뒤편의 산에 정글 탐험을 가기로 했습니다. 종일 물가에서 뒹굴뒹굴 놀고 싶은 마음도 굴뚝같았지만, '산에는 또 얼마나 멋진 활엽수들이 활개를 치며 살고 있을까' 하는 마음에 편안한 신발을 신고 등산을 결심했습니다. 더운 나라에서 등산이라니! 평소 나의 게으름을 잘 아는 지인들이 들으면 까무러치게 놀랄 만한 일이네요.

트래킹 가이드를 따라 산을 오르니 금세 나비, 쥐, 카멜레온, 도마뱀 등 작은 산속 친구들을 만나게 됩니다. 멧돼지를 만나도 걱정하지 말라는 그의 등 뒤에 꼭 붙어서 걷다가 독이 든 나무, 수액이 맛있는 나무를 구경하고 연신 모기한테 뜯겨가며 산을 오릅니다. 가이드가 "이게 라탄이야" 하고 덩굴 같이 생긴 라탄나무를 소개해주기에 "라탄으로 만든 가구들이 너무 좋아" 하고 대답했더니, 그는 어릴 적 라탄으로 많이 맞아서 라탄이 너무 싫다고 합니다. 내겐 너무 근사한 라탄이 그에겐 파리채 같은 존재인가 봐요.

숨이 턱까지 차오를 때쯤 멀리 바다가 보이고, 흔들다리 여러 개를 건너 다시 안전한 곳으로 내려왔습니다. 수영복을 갈아입고 수영장으로 돌아오니 원숭이 한 마리가 어슬렁거리며 먹을 것을 찾아 배회하다가 큰 수확이 없어 아쉬웠는지 지천에 널린 히비스커스꽃을 따 먹기 시작합니다. 붉은 꽃을 따서 맛보는 척하다 땅에 던져버리고, 또 다른 꽃을 따서 던지고 한참을 그렇게 하릴없이 사람들 사이에서 놀다가 지겹다는 듯 나무로 올라가버렸네요.

망중한을 즐기는 나날들이 빠르게 흘러갔습니다. 열대식물들을 떠나 집으로 돌아오는 길. 우리 동네는 공사 중이라 길바닥이 온통 우둘투둘합니다. 거대한 트렁크를 들고 낑낑거리다 핸드폰을 보니, 서울의 미세먼지는 여전히 '매우 나쁨'이네요. 모든 게 한여름 밤의 꿈이었던 것만 같아요.

집에 돌아오니 온 집 안 식물들이 물을 달라고 난리입니다. 며칠간 해와 물과 바람이 부족해 다들 고생했겠지요. 봄맞이 중인 작고 사랑스러운 식물들이 나를 기다리고 있어주어 고맙습니다. 열대식물에게 마음을 홀랑 뺏기고 돌아온 것은 일단 비밀로 해두어야겠습니다.

그럼에도, 장미 1

그런 사람이 있었습니다. 온몸으로 고혹적인 분위기와 화려한 색깔을 뽐내지만, 누군가 가까이 다가서면 뾰족한 마음을 내보이며 상처를 주던 사람. 그 사람의 무기는 마치 장미 가시 같았어요. 날카로운 말일 때도 있었고, 마뜩잖은 눈빛이거나 무심한 행동이기도 했습니다. 조금만 거리를 두고 보면 그 모습과 향기까지도 너무 매력적이고 그 모든 제스처가 나에게 다가오라고 신호를 보내는 것 같은데, 막상 가까이 다가서면 늘 따끔하게 상처를 주던 사람이었습니다.

장미의 계절이 왔습니다. 꽃들의 여왕 장미. 내게 장미는 마치 '전 세계 꽃들을 대표하는 꽃' 같은 느낌입니다. 이미 영국, 불가리아, 루마니아, 룩셈부르크, 마다가스카르 등 여러 나라의 국화로 지정되어 있기도 하고, 매해 늦봄에서 초여름이면 한껏 화려하게 피어나 어디서든 존재감을 강하게 내뿜는 식물이지요. 장미는 크기도 적당히 아담한 덩굴성 관목으로 햇볕 강하고 따뜻한 곳이라면 주저함 없이 꽃봉오리를 탐스럽게 맺기에 널리 사랑받는 것 아닐까 생각해요.

식물에 대한 취향이 제대로 생기기 전에는 누군가 무슨 꽃을 좋아하느냐고 물으면 늘 장미꽃이라고 대답했어요. 장미가 좋았던 이유는 여러 가지겠지만 아무래도 좋은 기억 속에 등장하는 일이 많았기 때문인 것 같아요. 어디서나 쉽게 구할 수 있고 가격도 적당해서 학생 때 친구들한테 한 송이씩 곱게 포장해 선물하곤 했고, 어린 시절 연애마다 빠지지 않는 꽃이었으니까요.

만약 지금 누군가 장미를 좋아하느냐고 묻는다면 그때의 단순한 대답과는 아주 다른 얘길 하겠지만 말입니다 – 야생 장미는 좋아합니다만, 농장에서 키워낸 고운 장미는 별로 좋아하지 않습니다. 색깔과 크기와 형태마다 그리고 그날의 기분에 따라 호불호가 매우 달라지는 편이에요. 그래도 꼭 이분법적으로 '좋다, 싫다'를 나눠야 하는 상황이 온다면 마지못해 좋다고 대답할 거예요 – 묘하게 촌스러우면서도 가장 정형화된 아름다움을 지닌 꽃이라는 사실에는 토를 달지 못하겠어요.

장미는 어쩜 이름도 '장미'일까요. "장미" 하고 입을 떼었다가 붙이며 목구멍에서부터 천천히 소리를 내어보면 그 촌스러움이 내 입에도 옮아오는 것 같습니다. 취향을 갖기 시작한 후로는 풍성한 안개꽃 사이로 얼굴을 내밀고 있는 장미 꽃다발을 받으면 고마운 마음과 곤란한 마음이 뒤엉켜 정말 난감했어요. ('작약'이나 '부바르디아'처럼 더 근사한 이름과 색깔을 가진 꽃들을 받고 싶었어요.) 그래도 이제는 원예시장도 트렌드에 예민해져서, 장미꽃과 안개꽃을 최전선에 내세워 판매하는 가게는 많지 않지요. 정말 다행이라고 생각합니다.

장미에 대한 재미있는 이야기 한 가지를 알고 있습니다. 그리스신화에 나오는 이야기인데요, 장미는 원래 가시가 없는 늘씬한 줄기를 가진 꽃이었다고 해요. 장난스러운 큐피드가 장미를 너무 사랑한 나머지 가까이 다가가 입 맞추려던 순간 장미에 숨어 있던 벌이 큐피드의 입술을 쏘았고, 아들의 퉁퉁 부어오른 입술을 본 비너스가 노해서 벌침을 모아 장미 줄기에 꽂아버렸는데, 이것이 장미의 가시가 되었다고 하지요.

(강제로) 감사해야 하는 날들이 여럿 모인 탓에 5월의 꽃 시장은 아수라장입니다. 따스한 봄바람과 함께 어버이날과 스승의날을 기념해 카네이션을 사러 몰려든 사람들의 얼굴에는 즐거움과 흥분이 역력합니다. 평소엔 형형색색 여러 종류

의 꽃으로 채워져 있던 꽃 시장의 매대에도 5월 동안은 카네이션과 장미가 절반 이상을 차지하고 있어요. 사람들은 며칠 예쁘게 피어 있을 카네이션 절화를 한 아름씩 안고 집으로 돌아가기도 하고, 뿌리까지 건강하게 심은 화분을 잔뜩 사가기도 합니다. 평소의 꽃 시장은 조용하고 향기로워서 딱히 살 것 없어도 구경하러 가기 좋은 곳이지만, 5월 초·중순에는 이리저리 치이다 파김치가 되어 퇴장하기 십상이에요. 사람이 많은 곳을 꺼려하는 나로서는 그곳에 들어서기까지 비장한 각오가 필요하지요. 그렇지만 장미꽃과 카네이션을 한 아름 안고 돌아와 꽃병마다 알맞게 장식하는 것, 감사한 분들께 선물하는 것만큼은 포기하고 싶지 않은 즐거움이에요.

머지않아 햇살이 가득해질 5월의 골목에서는 소리 없이 장미꽃 봉오리들이 피어나고 활짝 만개하겠지요? 나 역시 올해도 해 지는 시간 어느 뒷골목에서 누군가 잘 가꾼 정원 밖으로 삐져나온 장미 넝쿨에 홀려 사진을 찍을 테고요. 오밀조밀 모여 활짝 피어난 장미에는 엄청난 마력이 존재하는 것 같아요. 설령 장미를 좋아하지 않는 사람이라 할지라도, 한참을 구경하게 하는 마력 말이에요. 그 고혹적인 모습은 '가까이 와. 더 가까이 내게로 와' 하고 주문을 거는 것 같아요. 너무 가까이 다가가서 비너스가 꽂아둔 벌침에 다치지 않았으면 좋겠습니다.

장미가 만개하는, 1년에 단 31일뿐인 5월이 부디 맑은 공기와 청명한 하늘로 머물다 가기를 바라는 마음입니다. 벌써 봄이 끝나간다니 정말 서운하네요. 그럼에도, 장미가 피어나는 소중한 계절이니까요.

존중해주세요

'전 세계의 모든 온실 찾아가기' 프로젝트를 진행하고 있습니다. 시작한 지는 4~5년쯤 지났는데 슬프게도 아직 많은 온실에 가보지는 못했어요. 그래도 쉽게 실망할 일은 아니라고 생각합니다. 살아서 숨 쉬고 걷는 동안, 이 일을 멈추진 않을 테니까요.

며칠 전에는 제주에 공연을 다녀왔습니다. 식물과 보내는 시간을 제외하고는 음악가로 살고 있는지라 종종 이 도시 저 도시를 오가며 노래하고 연주하는 일들이 있는데, 이번에는 기쁘게도 그 목적지가 제주였어요. 제주에도 눈독 들여온 온실이 있으니 꼭 들러봐야겠다는 마음으로 2박 3일의 일정을 시작했습니다. 첫날은 밀면과 수육을 먹고 크르릉 잠에 들고, 둘째 날은 즐겁게 공연을 했어요. 무사히 공연 미션을 달성하고 드디어 마지막 날. 식물원에 들르기로 한 바로 그날이 밝았습니다. 중문의 유명한 식당에서 한참을 기다려 보말죽 한 그릇을 뚝딱 비우고, 멤버들과 회사 식구들까지 대동하고 식물원을 찾았어요.

봄비가 추적추적 내리고, 우리에게 우산은 없었지만 상관없었습니다. 여미지 식물원은 무려 3,794평의 온실을 보유하고 있어 '비 내리는 제주를 만끽하기 좋은 곳'으로 유명하더군요. 3,794평이라니! 한두 자릿수 평수에 익숙한 삶을 살아왔기에 이 어마어마한 수치의 공간이 과연 어느 정도의 크기인지 쉬이 짐작도 가지 않았어요. 그저 한국기네스협회에서 인정한 동양 최대 온실이라는 말로 그 규모를 이해할 뿐이었습니다.

남몰래 전 세계 온실 다 가보기를 진행 중인 내가 가지 않고는 못 배겼을 이곳, 여미지 식물원. 모두 나와 같은 마음일 리는 없겠지만, 연휴와 비라는 이유로 식물원 주차장은 차들로 빼곡했습니다. 온실 안 공간은 정말 특이하게 꾸며져 있었어요. 이곳의 거대 온실은 그간 익숙하게 봐왔던 긴 돔 형태가 아니라 전망대가 있는 중앙 홀을 중심으로 꽃의 정원, 물의 정원, 선인장 정원, 열대 정원, 열대 과수원이 동그랗게 둘러싸고 있는 흥미로운 모양이었습니다.

입장권을 끊고 온실에 들어서 다섯 개의 섹션으로 나뉜 정원을 천천히 구경합니다. 제주 특유의 관광지다운 면모와 유서 깊은 식물원다운 면모를 골고루 갖춘 모습을 자랑하고 있네요. 열대 과수원에는 바나나와 파인애플이 주렁주렁 열려 있고, 선인장 정원에는 각종 거대 선인장이 멋진 배경을 제공하고 있고요. 작은 색색의 선인장들로 포토존을 꾸며두어서 관람객이 즐겁게 기념사진을 남기고 활짝 웃는 모습이 좋아 보였습니다. 정말 종합 선물 세트처럼 중앙 홀에서는 커피와 추러스 등의 군것질거리와 제주 토속 제품도 팔고 있었습니다. 열대 정원에는 이 식물원이 얼마나 오랜 역사를 지녔는지 짐작하게 하는 식물들도 압도적인 크기를 자랑하고 있었는데 기근(공기뿌리)이 어찌나 길고 풍성한지 멋있는 이파리도, 화려한 꽃도 아닌 뿌리를 한참이나 구경했네요.

그런데 이렇게 멋진 식물원에서도 마음을 불편하게 하는 점이 있었습니다. 멋지게 서 있는 나무며 선인장마다 새겨진 깊숙한 낙서들. 얼마나 많은 사람이 낙서를 한 것일까요. 그 광경과 마주하고는 즐거운 마음이 조금 일그러졌습니다. 학구적인 공간이라 생각하고 여미지 식물원을 찾는 사람보다는 관광지를 대하는 마음으로 찾는 사람이 더 많기에, 식물을 함부로 대하고 수십 년간 굳건히 살아온 식물의 몸에 상처를 내는 사람이 존재하는 것이겠지요. 극히 일부의 사람들이 한 짓이겠지만 갑자기 마음이 복잡해지는 것을 막을 수는 없었습니다.

나는 언젠가부터 지구에 살고 있는 인간을 제외한 생명체에 대해 생각이 많아지기 시작했습니다. 이것은 동식물을 좋아하고, 그들 곁에 살고 싶은 마음에서 비롯된 것이에요. 시간이 흐를수록 단순한 애정의 범주를 벗어나 그들의 '권리'나 '기분' 같은 걸 간접적으로 고민하게 되었다고 할까요. 이런 고민을 품게 되니 삶이 좀 더 복잡해진 것 같습니다.

나는 동물원과 수족관으로 향하던 발길을 끊었습니다. 나의 유희를 위해 동물들이 그 좁은 우리에 갇혀 신체적, 정신적 학대를 당한다는 건 있어서는 안 되는 일이니까요. 북극곰이 봄여름과 가을 동안 더위에 헐떡거리는 모습을, 정형행동을 하는 동물이 괴로워하는 모습을, 동물이 관람객이 던진 무언가를 먹고 병이 나는 모습을 더는 볼 수 없었습니다. 나 한 사람의 보이콧으로 당장 전 세계의 동물원과 수족관이 없어지거나 동물복지가 나아지지는 않겠지만 그래도 그래야만 했습니다.

식물의 각 개체의 기분까지 살필 수는 없겠지만 그래도 식물원은 동물원이나 수족관만큼 가학적인 공간은 아니라고 생각해요. 식물들에겐 눈과 귀 없이도 좋아하는 사람에게 반응하고, 좋아하는 음악을 들으면 더 잘 자라는 감각이 존재합니다. 동물과 식물의 생명에 무게를 따지자면 주저 않고 당연히 동물의 생명이 더 중요하다고 말할 수 있을 거예요. 하지만 오직 인간을 위해 그곳에 살고 있는 식물의 몸에 낙서를 하고 훼손하는 행위가 얼마나 상식에서 벗어나는 일인지 모두가 알았으면 해요.

인간은 동식물을 먹고 입고, 그것으로 행복을 얻으며 살아갑니다. 나는 모든 동식물이 적어도 살아 있는 동안에는 최소한의 존중을 받으며 존재하기를 바랍니다. 우리가 서로에게 존중받기를 원하는 만큼 타인을 존중하고 나아가 이 땅에 살고 있는 다른 생명체까지도 존중하는 마음을 가질 수 있다면 얼마나 좋을까요. 나부터, 아주 조금씩이라도 더 마음을 써봐야겠습니다.

부디 존중해주세요.

각자의 속도

이솝우화에 나오는 토끼와 거북 이야기를 좋아합니다. 느릿한 거북은 꾸준히 걸어가고, 한참을 앞서가던 토끼는 낮잠에 빠져 결국은 거북이 이기는 교훈적인 결말 때문이 아니라, 그냥 토끼와 거북이 경주를 한다는 이야기가 재미있어요. 누가 이기는지 지는지에도 별 관심이 없고요.

작년 이맘때 외국으로 이사할 준비를 하는 친구 집에 놀러 갔었어요. 친구는 뭐 하나라도 더 정리하고 싶어 빈티지 재킷을 입어보라며 건네고, 키우던 화분을 가져가지 않겠느냐 권하고—물론 대다수 화분을 데려왔습니다—책이며 타로 카드, 봉제 인형 같은 것들을 주섬주섬 떠안기더니 마지막엔 서랍 구석에서 언제 샀는지도 모르는 꽃씨 한 봉지를 꺼내주었습니다. 그렇게 친구의 살림살이를 바리바리 들고 돌아온 날로부터 얼마의 시간이 흘렀을까요. 한동안 그가 준 꽃씨를 까맣게 잊고 살았다는 사실을 깨달았습니다. 언제 구입했는지 알 수 없는 씨앗은 대개 발아율이 떨어지니 쉽사리 흥미를 느끼지 못해서겠지요.

그럼에도 불구하고 나란 사람은 씨앗을 갖게 되면 그 종류에 상관없이 싹을 틔워야 하는 모양이에요. 봄이 돌아와 텃밭에 각종 씨앗을 심던 중 어디선가 툭 튀어나온 꽃씨를 보고는 그냥 지나칠 수 없더라고요. 더는 지체하지 않고, 커다랗고 빈 화분에 싸구려 흙을 대충 붓고 씨앗을 훌훌 뿌렸지요. 며칠이 지나자 나의 무관심에 개의치 않고 씨앗들은 새싹이 되기 시작했어요. 몇 년이고 서랍 속에 묵어서 발아할 가능성이 떨어졌을 법도 한데 봄의 마법 덕분에 모두 팡팡 피어난 거예요. 처음 하루 이틀은 작은 새싹이 두어 개 보이더니 일주일이 지나고 열흘이 지나면서 커다란 화분이 비좁아 보일 만큼 많은 새싹이 자라났습니다.

꽃씨를 뿌리던 시기에 나는 애지중지 품고 있던 블랙티트리의 씨앗도 뿌렸어요. 호주가 고향인 이 친구들은 상쾌한 향이 매력적인 허브입니다. 삐죽한 모양새로 자라다 한참을 키우면 나무가 된다는 이 친구를 너무나 길러보고 싶었어요. 꽃시장에도 식물 판매 사이트에도 블랙티트리의 모종은 구하기가 어렵더군요. 그래서 하는 수 없이 씨앗을 데려왔습니다. 조그만 모종판에 지렁이 분변으로 만들었다는 비싼 흙을 섞어 채우고, 하나하나 구멍을 뚫어가며 작디작은 씨앗을 뿌려두었지요. 혹시 흙이 말라 열리던 씨앗이 다시 닫힐세라 작은 발아판을 저면관수 해두고 양지바른 곳으로 옮겨 아침저녁으로 들여다보아도 변화가 없었습니다. 꽃씨들이 자라나는 무서운 속도와 달리 내가 정말 바라던 식물은 새싹을 내어줄 마음이 없어 보였어요.

작게 올라온 꽃 화분의 새싹들이 청소년 같은 모습을 갖추기 시작할 때 즈음 드디어 단 하나의 블랙티트리 씨앗이 깨어나기로 마음먹었는지, 아주 천천히 이파리를 올리기 시작했습니다. 처음엔 흙 사이에 작은 점 같은 구멍이 생기고, 다음날은 그 점이 조금 더 커지고, 그다음 날이 되어서야 드디어 초록색 정수리가 보이기 시작하더군요. 하루가 다르게 쑥쑥 자라나 아침저녁으로 물을 줘야 하는 꽃 화분과는 다른 양상으로 성장하기 시작했습니다. 녀석이 겨우 깨알보다 조금 큰 이파리 두 장으로 시작해 네 장, 네 장에서 여섯 장으로 자라나는 기나긴 시간 동안 꽃 화분에서는 벌써 첫 꽃이 피었다 지고, 새로운 꽃봉오리가 생기기 시작했어요.

처음엔 손톱만 한 크기의 이파리 끝에 보라색 점을 하나씩 찍고 나온 오젬네모필라가 보이더니, 그 뒤를 이어 가을에만 피는 줄 알았던 코스모스가 모습을 드러냈습니다.(이번에 알게 된 사실인데 코스모스는 봄에도, 여름에도 피어난다는군요.) 코스모스 뒤를 따라 이파리에서 시작된 노란빛이 암술과 수술에 가 닿으며 강렬한 주황색으로 그러데이션되는 캘리포니아포피, 미확인비행물체같이 생겨서 한참을 구경하게 되는 보리지, 긴 꽃자루에서 꽃잎이 피어나고 그 안에서 다른 꽃잎이 또 피는 연보랏빛 루피너스가 잇달아 얼굴을 내밀었어요.

가장 마지막 친구는 크림슨클로버였습니다. 작고 길쭉한 타원형의 강아지풀 같은 꽃이 생기기 시작하더니 아래쪽부터 빨갛게 물을 들이고 퐁퐁 피어 온몸이 다 빨갛게 변하는 모습을 보여주더군요. 화분 하나에서 어쩜 이렇게나 다양한 꽃이 자라고 피어날 수 있는지, 뿌리가 다치지 않고 서로 잘 양보해가며 자라나는지 궁금증이 끝도 없이 늘어납니다.

수많은 꽃이 피고 지는 동안 블랙티트리는 여전히 손가락 한 마디 크기입니다. 푸르른 계절의 다른 식물은 모두 하룻밤 사이에도 깜짝 놀라게 자라났지만 친구들의 속도와는 상관없이 느긋한 녀석도 있는 법이겠지요.

나는 가끔 속도에 대해 고민해요. 아이일 때는 어른이 되면 아무것도 어렵지 않고 그저 자연스럽게 살아질 줄 알았는

데, 막상 어른이 되니 자꾸 주변을 둘러보게 되고, 나보다 앞서가는 사람들의 속도가 신경 쓰입니다. 그런데 가드닝을 하다 보니 식물들이 가끔 멈춰 서기도 하더군요. 대단한 이유 없이 모든 것에 시들해진 식물은 때론 몇 달씩 미동도 하지 않아요. 지금보다 식물을 이해하지 못하던 시절의 나는 '얼음' 하고 멈춰 있는 식물에게 커다란 변화나 풍부한 햇빛 같은 게 필요하다고 생각했습니다. 그래서 테라스에 내놓아 직광을 받도록 해주고, 비료를 콸콸 부어주기도 하고, 물을 더 열심히 주기도 했지요.

걱정하는 마음이 차올라 저질렀던 그 모든 일은, 실수였습니다. 잠시 생장을 멈췄던 식물은 갑자기 과해진 물과 해를 견디지 못해 픽픽 쓰러졌어요. 식물의 멈춤에는 이유가 있기도 하고 없기도 합니다만, 그들에게는 무조건적으로 넘치게 주는 것이 제일 위험해요. 이제는 식물이 조용히 멈추거나 시들해졌을 때 그 속도에 맞춰 물과 햇빛도 줄여줍니다. 그들도 잠시 정적을 보내고 싶어 한다는 걸 알게 되었거든요. 멈춰도 괜찮다고 말해주는 게, 잠깐 쉴 수 있도록 도와주는 게 식물을 위한 길입니다. 휴식기를 맛있게 잘 보낸 식물은 반드시 다시 깨어나 이파리에 반질반질 윤이 나도록 예쁘게 자라줄 테니까요.

어쩌면 사람도 마찬가지 아닌가 싶어요. 각자의 속도로 자라나는 식물처럼, 사람도 최선을 다해 자기 자신으로 살아가는 게 가장 중요한 일인 것 같아요. 모두가 달릴 필요는 없어요. 자신에게 맞는 속도를 찾아 움직이거나 멈춰 있어도 괜찮을 거예요. 그러니 부디, 스스로의 속도에 안달하지 않고 평화로운 시간들을 찾아낼 수 있다면 좋겠어요.

도시 식물 산책

몇 년 전 나는 꽤 오래 타고 다니던 소형차를 처분했습니다. 왕복 60킬로미터의 거리를 운전해서 통학하던 대학 시절이나, 일주일에 두세 번씩 수도권 어딘가에 일을 하러 다니던 20대의 나는 참 열심히도 액셀을 밟으며 살았는데, 생활을 조금씩 단순화하고 삶에 불필요한 피로를 걷어내다 보니 생활 반경이 매우 좁아졌어요. 멀리멀리 다니며 액셀을 밟는 운전보다는 짧은 거리를 운전하느라 브레이크를 밟아야 했고, 주차 문제로 골머리를 앓는 순간들이 더 많아졌지요.

집도 작업실도 같은 동네인 데다가 직업의 특성상 자주 하게 되는 공연들도 거의 같은 동네 안에서 이루어지곤 했기에 내 차는 점점 더 주차장에 처박혀 지내야 했어요. 그러다 두어 달 동안 한 번도 차에 시동을 걸지 않았다는 사실을 깨달

았을 때, 더 이상 내게 차가 필요하지 않다는 걸 알게 되었습니다. 조금 서운하지만 떠나 보내야지, 주차장에 오래 서 있던 차를 처분하니 마음이 홀가분해지는 것 같았어요.

차가 없는 생활은 이전과 별반 다르지 않았습니다. 가까운 거리는 씩씩하게 걸어 다녔고, 집 밖에 나가면 길 위엔 항상 택시가 넘쳐났기에 밤낮 할 것 없이 나는 원하는 곳에 닿을 수 있었습니다. 이 글을 빌려 서울의 저렴한 대중교통 시스템과 택시(특히 말을 걸지 않으시고, 젠틀하게 운전하는 기사님들의) 서비스에 감사 인사를 전하는 바입니다.

대부분 별문제 없던 뚜벅이 생활에 단 한 가지 아쉬운 점이 있다면 훌쩍 떠나고 싶은 날 바로 떠날 수 없다는 점이었어요. 살다 보면 자주 명치가 뻐근해지고, 어딘가로 도망치고 싶은 날들이 오기 마련이잖아요. 인적이 뜸한 자연 속에서 숨을 크게 쉬고 나면 그럭저럭 괜찮아지는 순간들이 있는데, 더 이상 오너드라이버가 아니니 어딘가 떠나고 싶은 충동들 앞에서 나는 조금 난감해졌어요. 렌터카를 빌려 떠나자니 때마다 절차를 밟기가 번거로웠고 낯선 차로 멀리까지 가는 것이 싫었습니다. 차가 있는 동행을 구하자니 혼자일 수 없어 싫었고, 대중교통을 이용해 지방에 내려가는 건 꽤나 큰 결심이 필요한 일이라 꺼려졌어요.

그런 이유로 몇 년 전부터는 차근히 지금 살고 있는 도시의 식물을 구경하고, 혼자 조용히 걷거나 사색할 수 있는 보물 같은 공간들을 찾아 헤매기 시작했습니다.

처음 식물 산책을 위해 찾았던 곳은 선유도 공원이에요. 선유도 공원이 가까이 있다는 사실을 알고는 있었지만, 구경할 마음을 먹게 된 건 선유도 공원에 온실이 있다는 정보를 얻은 후였어요. 그때는 얼어붙은 한겨울이었는데, '온실'이라는 단어가 너무나 매력적으로 다가와서 두 번 고민 않고 바로 출발했지요. 자전거를 타고 집에서 고작 10분 남짓 페달을 밟다 보니 양화대교의 한중간에 있는 공원에 도착했습니다. 공원이 생각보다 더 가까워서 살짝 머쓱한 기분이 들었어요.

자전거를 안전하게 묶어두고 정문에 들어서자마자 우측에 작은 온실이 보였어요. 시간이 정지한 것만 같은 공원의 온실엔 수국, 제라늄, 키가 커다란 선인장들과 열대의 나무들이 조용히 살고 있었습니다. 자그맣고 따뜻한 온실의 공기 속에 한참을 서서 내가 원하던 평화를 찾았어요.

두 번째로 찾은 도시 식물 산책을 위한 공간은 바로 창경궁 대온실입니다. 창경궁은 그 자체만으로도 고즈넉한 공간이지만, 거대한 나무들 사이를 걷다 보면 등장하는 대온실이 있어서 더욱더 매력이 넘치는 궁궐입니다. 창경궁 대온실

은 1909년 지어진 우리나라 최초의 서양식 온실이라고 하는데, 백 년이 넘은 지금까지도 많은 사람이 찾고 있지요. 아마도 한국 근현대적 감성을 고스란히 지니고 있는 곳이라 오랫동안 사랑받는 게 아닐까 생각해요. 타일 하나하나, 만듦새 하나하나 섬세하고 아름다운 것으로 꾸며진 공간이라 식물들과의 어우러짐을 구경하는 게 너무나 즐겁답니다. 창경궁에 가면 천천히 온실을 한 바퀴 돌고, 밖에 나와 온실을 바라보며 한참 동안 앉아서 음악을 듣는 것이 나 혼자만의 창경궁 산책 코스예요. 돌아나올 때는 연못 위에 떠다니는 오리들을 구경하는 것으로 마무리하고요.

마지막으로 가장 자주 찾는 곳이기도 한 꽃 시장을 빼놓을 수 없겠지요. 꽃 시장들은 그 자체만으로 훌륭한 구경거리가 되기도 하고, 무엇보다도 결국은 소유할 수 있는 식물들이라는 점에서 마음을 두근거리게 한답니다. 식물원이나 온실에서 만질 수도 가질 수도 없는 식물들에게 마음을 홀딱 빼앗긴 후에 꼭 찾아야 하는 곳이지요.

이 도시에서 뿌리가 잘리지 않은 식물을 살 수 있는 곳으로는, 종로 꽃 시장과 양재 꽃 시장이 있습니다. 개인적으로는 어디 한 군데를 고를 수 없을 정도로 두 시장 모두를 좋아하는 편이에요. 각종 묘목과 모종들이 가득한 종로 꽃 시장의 봄을 좋아하며, 한량처럼 여기저기 기웃거리기 좋은 양재 꽃 시장의 가을을 좋아합니다. 꼭 사고 싶은 식물이 없어도 살아 있는 기운을 느끼고 싶은 날엔 용기를 내어 꽃 시장을 자주 찾는 편입니다.

만약 당신이 마음이 가라앉고 괴로운 날들을 보내고 있다면, 집 밖으로 나서는 일마저 불가능하게 느껴질 수도 있어요. 하지만 우리는 각자의 어둠에 맞서 싸울 무기가 한두 가지쯤은 있어야 하지 않을까 싶어요. 나는 우울한 날이면 용기 내어 식물을 구경하러 갑니다. 도저히 신발을 신고 문밖으로 나갈 수 없는 날도 있지만, 신발 끈을 맬 수 있는 날엔 꼭 용기를 내보려고 해요. 고요하고 멈춰 있는 것 같아도 사실은 자라나고 있는 식물 친구들을 한참 구경하고 나면 어둠을 이겨낼 작은 빛을 얻기도 하거든요. 도시 식물 산책은 스스로의 어둠과 싸우기 위한 나만의 무기를 얻는 비법입니다.

끝내 빛에 싸인 삶을 살고 싶으니까요.

무서운 가을

모든 것이 바싹바싹 마르기 시작했습니다. 아직도 지난여름의 열기가 가시지 않은 것 같은데, 자다가 새벽 공기가 쌀쌀해 잠에서 깨어나기도 하고, 온몸이 건조해 보디로션을 바르고 금세 또 바르고 말지요. 벌써 가을입니다. 여름과 겨울은 늘 지루하게 지나가는데 봄과 가을은 정신을 차리고 보면 늘 이렇게 순식간에 다가왔다 사라져버려요. 이제는 그 감각도 익숙한 것 같고요.

나는 가을을 타고 있어요. 여름을 보내고 가을에 도달하면 번번이 무너집니다. 언제부터였는지 모르게 가을이 오면 꼭 매번 비슷한 악순환을 반복해요. 여름에는 '살아내야 한다'는 긴장감으로 악을 쓰며 버텼던 마음은 가을바람이 불기 시작하면서부터는 '이게 다 무슨 소용인가' 하는 마음으로 바뀌어버려요. 컨디션이 망가지고, 생활 패턴이 흐트러지고, 감정 기복이 심해지면서 무엇 하나 제대로 챙기지 못해 삶의 여기저기에서 불화가 생기곤 합니다.

어쩌면 이런 감정 상태를 직업적으로 이용해볼 수도 있겠다는 생각에 빠지기도 해요. 음표를 적고 가사를 쓰는 데 꽤 요긴한 감정일 것 같거든요. 그런데 늘 여의치 않습니다. 감정을 컨트롤할 수 있는 범위를 넘어 금세 멜랑꼴리해지고 어떠한 조절도 불가능해지지요. 매해 가을마다 되풀이하는 악순환을 끊고 싶지만, 마음은 마음대로 되는 게 아니네요. 곧 겨울이 닥쳐오리란 사실 때문인지, 그냥 바람이 불어서인지 겁은 또 왜 이렇게 나는지 모르겠어요.

같이 사는 인간의 기분을 아는지 모르는지, 요즘 나의 식물 친구들은 모두 각자의 희로애락을 살고 있습니다. 계절의 변화를 나보다 두어 걸음씩 빨리 아는 식물들은 생존에 필요한 모습으로 빠르게 변화해요. 여름을 행복해하던 고사리들은 벌써 서서히 시들어가기 시작합니다. 고온다습한 환경을 좋아하는 고사리들에게 춥고 건조한 가을과 겨울은 정말 괴로운 계절이겠지요. 나의 거실에는 양치류들이 모여 사는 테이블이 있는데, 이 테이블 위에 살고 있는 고사리들은 지난여름엔 양손을 한껏 뻗어도 모두 품에 안지 못할 정도로 풍성했지만, 이제는 가볍게 번쩍 안을 수 있을 정도가 되었어요. 안 그래도 얇고 고운 이파리들이 더 얇고 투명해졌고, 이파리 끝이 조금씩 갈색으로 말라가기도 합니다. 생사를 넘나들 정도는 아니지만, 분명히 다른 얼굴, 다른 표정을 하고 있어요. 가습기로 습도를 높이고, 보일러로 온도를 높여도 고사리들은 속지 않고 이파리를 떨구고 말라갈 준비를 합니다. 고사리들과 관엽, 열대식물들은 여름 내내 거대한 이파리와 넘치는 생명력으로 계속 나를 즐겁게 해주었는데, 이제 내가 잘 돌보고 지켜서 다시 내년 봄까지 살아남을 수 있게 도와줄 차례네요.

지난주엔 가을을 맞아 공작 단풍나무 한 그루를 데려왔습니다. 늘 지나다니는 동네 공원에 아주 멋진 공작 단풍나무들이 살고 있어요. 봄여름엔 싱그럽게 서 있다가 가을이 오면 그 얇고 섬세한 이파리들에 붉게 단풍을 올리는데 그 변화하는 모습을 구경하는 것이 정말 큰 즐거움이었지요. 조금 더 사적으로, 조용히, 나 홀로 이 이파리들을 만져보고 한참 바라보며 서 있고 싶어 공작 단풍나무 한 그루를 데려오게 되었습니다.

식물 가게들을 뒤져보아도 이들은 쉽게 판매되는 종류의 나무가 아니었어요. 결국 정말 피하고 싶었던 온라인 구매를 해야 했지요.(공산품을 구매하는 것에 비해 식물을 온라인으로 구매하는 것은 훨씬 까다로운 일입니다.) 빛도 신선한 공기도 없는 작은 상자에 갇혀 1박 2일 택배 여행을 해야 하는 식물에게 미안한 마음이 들기도 하지만, 온라인 구매의 가장 큰 단점은 직접 보고 고를 수 없다는 것에 있어요. 두어 번 볼품없는 식물을 택배로 받아보고는 건강하고 예쁜 아이가 올지 시들시들한 아이가 올지 조마조마하는 감정을 느끼고 싶지 않아 온라인 구매를 피해왔어요. 모든 판매자가 다 그런 것은 아니겠지만, 예쁘고 건강한 식물 사진을 판매 페이지에 올려놓고 실제로는 제대로 관리가 안 돼 험하기 짝이 없는 식물을 보내놓고 나 몰라라 하는 경우가 더러 있었거든요.

그 못난 식물을 되돌려 보낼 수 없어서, 스스로 식물 의사라도 되는 양 약을 쓰고, 적절한 조치를 취해 가며 다시 건강하게 만든 적이 한두 번이 아닙니다. 물론 얼마 버티지 못하고 죽어버린 식물들도 있었고요. 그럼에도 나는 꼭 단풍나무를 들여야 했습니다.

오픈마켓을 샅샅이 뒤지다가 적당한 크기와 수형의 공작단풍나무를 올려놓은 판매자를 찾았습니다. 키는 좀 작아도 괜찮으니 최대한 풍성하고 수형이 예쁜 아이로 보내달라고 간절한 마음을 담아 판매자 분께 메시지를 보냈어요. 별다른 소식 없이 금방 도착한 공작 단풍나무는 매우 우스꽝스러운 모습이었습니다. 엄청나게 큰 박스가 도착한 것을 보고 불길했는데, 아니나 다를까 키만 멀대같이 크고 이파리는 몹시 성글어서 엉성한, 마치 막대 사탕 같은 형상의 친구가 왔습니다.

오는 동안 힘들었을 테니 얼른 꺼내어 그늘에 두고는 여기저기를 살펴보았습니다. 작고 풍성한 단풍나무를 기다렸지만, 이 친구 나름 귀여워요. 풍성하지 않아도 하나둘 초록색 이파리가 붉게 물들고 떨어지는 모습을 보여줄 수 있으리라는 사실에 마음이 절로 즐거워집니다. 큰 일을 기대하면서 기운 가득하게 살아가는 것보다 이렇게 작은 변화들을 기다리면서 살금살금 살아가는 쪽이 나와 더 맞는 것 같아요.

작년에 처음 데려온 국화 한 줄기는 일 년 새 꽤 풍성하게 자랐는데 올해는 꽃을 피울 수 있을지, 가을을 좋아한다는 휴케라는 얼마나 예쁜 잎맥을 펼치며 자랄지. 소소한 미래의 기별들을 기다리며 이 가을을 잘 버티고 싶습니다.

무섭고도 고마운 이 계절이 부디 당신에게도 무사히 지나가기를 바라면서요.

드디어 서울에도 식물원이 생겼다!

나는 도시 건설 게임을 참 좋아합니다. 땅을 사들이고, 쓰레기를 치우고, 그 땅 위에 집을 짓고 시청을 지으며 세금을 걷는 종류의 게임들 말이에요. 도시 건설 게임을 플레이하다 보면 우선 집과 슈퍼마켓을 지어야 해요. 사람이 살아가는 데 없어서는 안 될 중요한 장소들부터 짓기 시작하는 것이지요. 적당히 주택들과 근린시설들이 갖추어지면 문화, 예술 및 복지에 관련된 건물들을 지을 수 있게 됩니다. 그냥 '살아가기'에서 '행복하게 살아가기'에 기여하는 장소들이 조성되는 거예요.

야구장을 짓고 박물관을 짓습니다. 그리고 '식물원' 슬롯이 열리자마자 게임머니를 모아서 식물원을 짓습니다. 게임 속에서라도 식물원이 존재하는 도시를 가지고 싶었으니까요. 그렇게 게임 속에서 나는 식물원을 품은 도시를 만들면서 현실과의 거리를 느껴야 했는데, 얼마 전에 이 게임 속의 일이 현실에서 이루어졌습니다. 드디어 서울에도 식물원이 생긴 것이에요!

서울 식물원. 'SEOUL BOTANIC PARK'라는 자랑스러운 이름을 달고 생겨난 이 거대 식물원은 서울의 서쪽 끄트머리 마곡에 위치해 있습니다. 서울 한복판에 있었다면 보다 쉽게 찾을 수 있어 좋았겠지만, 서쪽 끝이라 해도 그저 좋을 뿐입니다.

서울 식물원의 규모는 축구장 70개 크기, 여의도 공원의 2.2배라고 알려졌기에 개장하기 한참 전부터 오픈이 얼마나 기다려졌는지 모릅니다. 이제나저제나 하고 기다리는데, 오픈 일정은 계속 미루어졌고 약속한 날보다 조금 늦은 가을(2018년 10월 11일) 임시 개방을 시작했어요. 오픈 첫날 가보고 싶었지만, 일이 있어 하루를 미루고 둘째 날 식물원에 가기로 했습니다. 어떻게 가야 하나 지도를 찾다 길 위에서 택시를 잡아 타니 생각보다 금방 서울 식물원에 도착했어요.

"여기 식물원이 문 열었어요?" 하고 물어보는 기사님의 질문에 "네" 하고 경쾌하게 대답한 후 식물원에 들어섭니다. 서울 식물원은 열린 숲, 호수원, 습지원, 주제원으로 나뉘어 있는데 식물원이라는 공간의 특성상 야외 공간의 식물들은 아

직 작고 연약합니다. 이제 막 삽으로 흙을 퍼낸 땅에 겨우 손바닥만 한 뿌리를 가진 어린 나무들을 심어둔 모양새예요. 작은 말라깽이 나무들에는 현수막이 걸려 있기도 했어요. '조금 더 자라서 큰 그늘이 되겠습니다'라는 글을 매단 모습이, 나름대로 믿음직스럽네요.

지금은 무성해진 서울숲이 처음 생기던 즈음 한두 해 동안 이런 모습이었던 것을 기억해요. 원래 식물원이라는 공간은 박물원이나 미술관처럼 건물을 짓고 그 안에 이미 존재하던 작품들을 가져다 놓는다고 완성되는 게 아니라, 자리를 정하고 식재해둔 식물들이 자라나 제자리를 알맞게 차지할 때까지 끈기 있게 기다려야 완성될 수 있지요. 그래서 식물원이 정말 식물원다워지기까지는 꽤 많은 시간이 필요한 것 같아요. 지금은 그저 무료 임시 개방 기간일 뿐이니, 정식 개장일(2019년 5월)까지 쑥쑥 자라나기를 기대해볼 뿐입니다.

야외 공간들에 대한 아쉬움을 뒤로하고 식물 문화센터에 들어섰습니다. 먼저 식물 전문 도서관이 있네요. 국내외 식물 관련 서적을 7천 권 보유하고 있다니! 찬바람 부는 어느 한가한 날, 온실을 실컷 구경하고 도서관으로 이동해 식물 책들을 읽는 재미가 있을 것 같아요. 씨앗 도서관이라는 신기한 공간도 있습니다. 우리 토종 씨앗에 대한 설명을 듣고 씨앗을 대출하거나 반납하는 공간이라고 하는데, 대출한 씨앗을 뿌리고 키우고 다시 꽃을 피우거나 열매를 맺어 씨앗이 영글면 반납하는 시스템이라고 합니다. 성공할 수 있을지는 모르겠지만, 토종 씨앗 두어 개쯤 대출해보고 싶어졌습니다.

카페, 기프트숍을 지나 여기저기 두리번두리번 구경하다가 드디어 식물원의 하이라이트인 온실에 다다랐어요. 조금 쌀쌀한 날이라 카디건에 코트까지 챙겨 입고 식물원을 찾았지만, 온실에 들어서자마자 겉옷을 벗어던져야 하는 온도와 습도입니다. 거대 온실은 동그란 모양으로 직경이 100미터, 높이가 25미터나 되는 시원한 크기를 자랑하고 있습니다. 세계 열두 개 도시의 식물들이 전시되어 있는데 공중에 짧은 스카이워크도 설치해두고 여러 각도에서 식물들을 구경할 수 있게 만들어두었더군요. 커다란 열대식물들을 비롯해 습지식물들과 에어 플랜트(공중 식물)들이 즐비하게 늘어서 있고 한쪽에는 키가 크고 이국적인 나무들이 손님들을 맞이하고 있습니다.

집으로 데려오고 싶은 거대 무늬 용설란 앞에서 한참을 넋 놓고 서 있는데 갑자기 견딜 수 없는 기쁨에 사로잡힙니다. '서울에 식물원이 생기다니! 집에서 한 시간 안에 도착할 수 있는 식물원이 있다니!' 하는 현실적인 기쁨에 빠져버린 거예요. 평소에 나는 어딘가 새로운 도시로 여행을 갈 때면 꼭 그 도시 이름과 '식물원'이라는 단어를 함께 넣어 검색해보고 낯선 식물원에서 한나절씩 보내는 걸 좋아해요. 그렇기에 내가 사는 도시에 새로 생긴 식물원의 존재는 마치 오랫동안 찾아 헤매던 오아시스를 만난 것처럼 반가웠습니다.

물론 서울 식물원은 조금 더 시간이 필요합니다. 곳곳의 식물들은 아직 너무 어리거나 뿌리 활착이 덜 되어 시름시름 앓고 있기도 했고, 배치하면 안 될 만한 곳에 식물이 있어 신경이 쓰이기도 했고, 온실 안 동선이 정리가 덜 되어 관람객들이 우왕좌왕하기도 했어요. 식물원을 찾는 사람들에 비해 편의시설이나 안내원의 수도 부족해서 구석구석 아쉬운 점이 보였지요.

그렇지만 끝내 식물들은 잘 자라날 거예요. 뿌리를 뻗고 단단히 설 거예요. 식물원을 관리하는 사람들은 각 자리에 맞는 식물들을 더 건강하게 배치하고 키우는 법을 계속 연구할 테고요. 시간이 흘러 단단하고 완전하게 변해갈 식물원을 만나리라는 기대감이 차오릅니다. 이제까지는 다른 도시의 멋진 식물원을 부러워하고 예쁜 식물들에 감탄했지만, 이제는 내가 사는 도시의 식물원의 식물 친구들을 보며 감탄할 수 있다는 사실만으로도 기쁩니다.

내가 사랑하는 서울에도 드디어 식물원이 생겼습니다.

끝의 시작

공식적인 연말의 시작입니다. 소란, 우울, 들뜬 분위기, 반짝임이 기다렸다는 듯 동시에 문을 박차고 들어오는 12월. 12월은 마치 일 년 동안의 모든 잘못을 들쑤시고 책임을 묻고 가다듬고 정리하고 울고 웃고 털어버리기 위해 존재하는 것 같아요. 그게 아니면 크리스마스를 위해 존재하는 걸까요.

크리스마스는 일 년 중 내가 할로윈 다음으로 좋아하는 날입니다. 크리스마스 캐럴과 빨강과 초록의 스웨터, 따뜻한 뱅쇼와 통나무 모양의 달콤한 부쉬드노엘 덕분에 연말이 주는 잔인함으로부터 도망칠 수 있으니까요. 올해는 크리스마스가 오기 전까지 크리스마스라는 단어를 몇 번이나 듣고 말하고 쓰게 될지 궁금하네요. 이미 이 글의 머리말을 쓰는 데에도 벌써 다섯 번이나 적었습니다. 이제 조금 자제해야겠어요.

나는 바쁜 연말의 시간들을 식물들의 월동 준비로 더욱 바쁘게 보내고 있습니다. 나의 사랑스러운 식물 친구들도 겨울이 온 것을 알고 있는 모양입니다. 여름엔 매일같이 물을 달라고 팔을 축축 늘어뜨리더니, 가을이 지나가면서는 물을 줄이고 겨울맞이를 준비하고 있습니다. 이맘때에는 뿌리와 이파리의 순환이 원활하게 이루어지고 쑥쑥 자라나는 시절처럼 물을 부어주면 큰일 납니다. 잘못하면 식물 친구들은 봄을 맞이하지 못하고 과습으로 죽어버릴 거예요. 겨울 동안에는 집에 있는 화분에 흙이 충분히 말랐는지 확인하고 하룻밤 더 참았다가 다음 날 아침 물을 주는 습관을 들이는 게 중요합니다. 단 한 번 물을 잘못 준다거나, 환기를 너무 오래하는 실수로 식물들은 죽을 수도 있어요.

나는 테라스에 살고 있던 식물들을 하나둘 집 안으로 들이기 시작했습니다. 매해 10월에 시작되는 나의 월동 준비는 12월 중순까지 이어지곤 해요. 많이 자라난 친구들은 큰 화분으로 옮겨주고, 덜 자랐어도 흙이 딱딱하게 굳어진 친구들의 화분에는 흙을 갈아줍니다. 50리터씩 사두고 쓰는 흙은 금세 사라져버려요.

처음 집으로 들어오는 친구들은 월동 온도가 15도 이상인 열대식물들이에요. 봄여름 동안 테라스에서 무럭무럭 자라

났는데 답답한 집 안으로 들이자니 미안한 마음이 먼저 들어요. 그간 낮에는 쏟아지는 햇살 아래 흠뻑 광합성을 하고, 밤이면 달빛과 별빛을 구경하며 잠에 들었을 텐데, 그 자연스럽고 편안한 순환을 계속 이어가지 못하는 것이 식물들에게는 큰 스트레스가 될 것을 알기 때문이에요.

환경이 바뀌는 것은 사람이나 동물만이 아니라 식물에게도 큰 스트레스가 됩니다. 월동 온도를 지켜가며 집 안으로 식물들을 모두 이동시켰더라도 다시 해가 떠오르고 온도가 높아지면 광합성과 통풍을 위해 밖으로 내놓아야 해요. 그러다 점차 날씨가 더 추워지면 식물들은 집 안에서 보다 오래 머물러야 하지요. 작은 창문으로 들어오는 햇빛은 식물들을 건강하게 만드는 데 턱없이 부족하다는 걸 알기에 올해는 식물등을 몇 개 더 구입했습니다. 자줏빛 불빛을 밝히는 이 식물등이 내 식물 친구들을 조금이나마 행복하게 해줄 거예요. 식물등과 서큘레이터는 진짜 태양과 바람에 비하면 비교도 안 될 정도로 질과 양 모두 부족하겠지만, 식물 친구들에게 겨울 동안 조금만 참아달라고 부탁하려고요. 아마 우리 집 밖 풍경이 무척이나 수상해 보이겠지요? 창문마다 자줏빛으로 빛나는 집이 될 테니까요.

몸집을 네댓 배는 키운 몬스테라를 시작으로 각종 열대식물들을 집 안으로 들여오니 꽤 장관입니다. 열대식물들은 모두 알록달록 화려한 이파리들을 자랑해요. 무채색 물건들이 대부분인 내 방은 금세 화려하게 옷을 갈아입은 모습으로 변합니다. 몇 주 후에는 월동 온도가 10도 이상인 식물들, 그다음 몇 주 후에는 5도인 친구들, 0도인 친구들이 차례차례 집 안으로 들어올 테니 화려함이 더해지겠지요.

극성인 가드너의 일상은 몹시 분주합니다. 가을에서 겨울로 옮겨가는 기간 동안 수십 개의 화분을 아침에는 내놓고 밤에는 들여놓는 생활을 반복하다 보면 문득 왜 이렇게까지 열과 성을 다해 식물 친구들의 안위를 챙기는지 궁금해지곤 해요. 달리 이유가 있을까요. 식물에 빠져도 단단히 빠져 그런 것이지요. 그러니 식물 친구들이 겨울을 견디지 못하고 죽어간다면 슬프겠지만, 살아 있는 동안 만큼은 최선을 다해 살려볼 계획입니다.

기온이 영하 20도까지 뚝뚝 떨어지는 한국의 혹한기를 견딜 수 있는 식물들은 생각보다 많지 않아요. 나는 늘 혹한기에 길고양이들 걱정과 함께 길가에 플라타너스 나무, 은행나무, 단풍나무를 걱정하며 다닙니다. 다들 겨울을 잘 버텨주기를 기원하며 겨울을 걸어요.

12월 중순이면, 거의 모든 식물들이 집 안으로 들어오게 될 것 같아요. 마지막 주인공인 거대 유칼립투스 나무를 어디에 두고 겨울을 보내야 할지 열심히 고민해봐야겠습니다.

한 해의 마지막 달이 시작된 지금 문득 당신의 한 해는 어땠는지 궁금해요. 나는 올 한 해도 여지없이 실수를 많이 저질렀고, 하지 않았다면 좋을 말들을 너무 많이 했습니다. 사람들에게 많은 상처를 받았고, 모르긴 몰라도 아마 그만큼 돌려주기도 했을 거예요. 가끔은 칭찬받을 만한 일을 하기도 했고, 꽤 멋있게 빛나던 순간도 있었던 것 같아요.

올해도 역시 식물 친구들이 많이 늘어났는데 다들 열심히 번식을 하는 바람에 아무리 주변에 나눠줘도 개체 수는 계속 늘어갈 뿐이고요.

부디 괴로운 것들을 다 털어버리고 내년으로 가요. 내년에 또 다른 씨앗들을 심고 정성 들여 키워보기로 해요. 지금 눈앞에 주어진 끝의 시작을 소중히 보내고, 가뿐하게 시작의 시작으로 함께 나아가요. 우리에게 다시 시작할 기회가 있어 다행이라 격려하면서요.

겨울의 꽃이 춤을 춥니다

올해의 월동은 그다지 고통스럽지 않았습니다. 올해는 매섭게 춥지 않았던 만큼 눈도 많이 안 내렸어요. 신나게 눈을 구경한 날이 모자라 조금 아쉽긴 했네요.

가드너의 일 년은 계절별로 꼭 해야 할 일과 해도 되고 안 해도 그만인 일로 나눌 수 있어요. 봄에 상추와 루콜라 씨앗을 심는 일은 꼭 해야 할 일에 속하지요. 고수와 깻잎도 잊지 않고 심어두고요. 봄, 여름, 가을 필요할 때마다 조금씩 뜯어 먹을 수 있어서 좋아요. 여름엔 금방 목말라 하는 식물 친구들에게 물을 충분히 주고 병충해를 받지 않도록 주의를 기울이는 일이 제일 중요해요. 가을에는 뭐니 뭐니 해도 월동 준비에 신경을 쏟아야 하고요. 필수적인 월동 준비는 아니지만, 폭신한 흙 깊숙이 동그란 알뿌리인 구근을 심어두면 한겨울에도 집 안에서 꽃이 피어나는 모습을 볼 수 있으니 이 일도 빼먹지 않으려고 해요. 가뜩이나 월동 준비로 바쁜데 구근 심기까지 해야 하나 싶지만, 막상 심어두면 겨울이 기뻐지거든요.

봄의 꽃은 막 깨어나는 계절을 알려줘서 귀하고, 여름의 꽃은 탐스럽고 아름다워서 귀합니다. 가을의 꽃은 그 나름의 정취와 쓸쓸함을 입고 있어서 귀하고요. 하지만 모든 계절의 꽃들을 통틀어 가장 귀하고 아름다운 꽃은 겨울의 꽃입니다.

여러 번 말했지만, 나는 꽃을 보기 위해 식물을 키우는 건 별로 즐기지 않는 편이었어요. 커다란 이파리의 무늬나 질감이 멋진 관엽식물과 선이 예민하고 아름다운 목본류를 더 선호하는 편이지요. 그런데 매해 구근 심기를 게을리 하지 않고 한겨울에 꽃피는 광경을 즐기는 걸 보니 이제는 '꽃을 피우려고 식물을 키우는 것은 취향이 아니다'라고 말하기를 멈춰야 할지도 모르겠어요.

내 방에선 붉은색 겹꽃을 피운다는 튤립 구근이 가장 먼저 피었습니다. 뾰족하게 올라온 이파리는 금방 키를 키우고 꽃대를 올려 봉오리를 맺었는데 꽃이 흰색이어서 무척 당황했어요. 분명 붉은색 튤립 구근을 심었는데 말이지요. 알고 보니 이 친구는 꽃잎이 하얗게 올라온 후 점점 붉게 변하는 종이라고 하더군요. 천천히 매끈한 꽃잎이 물들기 시작했습니다. 금

세 수분과 영양이 가득 차 탐스러운 꽃망울이 열렸어요.

꽃이 열리는 동안은 매일 아침 일찍 일어나 꽃을 구경하는 게 하루 일과 중 가장 중요한 일이 됩니다. 차가운 겨울 공기 속에서도 뜨겁게 피어난 튤립은 매일매일 춤을 추는 모습을 보여줬어요. 꽃망울이 열리고 살짝 벌어지는 동안 튤립은 마치 발레 무용수 같았습니다. 아주 우아하고 고혹적이었지요.

천천히 피어오르며 발레를 추던 튤립은 이틀쯤 지나자 이파리를 오렌지빛으로 물들이며 장르를 살사로 바꾸어 흥겹고 요란하게 춤을 추는가 싶더니 만개하고 나서는 마치 벌레스크burlesque를 추는 모습이네요. 그 풍성하게 뽐내는 춤을 보는 게 나 혼자라 아쉽더군요. 빠르고 강렬한 춤사위를 보여주던 튤립은 편안한 템포의 춤으로 넘어갔습니다. 이파리에서 수분과 영양이 빠져나가고 있는 것이 보여요. 이제 곧 아주 느린 왈츠로 마지막 춤 인사를 건넬 때가 온 것 같아요.

튤립의 춤이 끝나갈 무렵 백합꽃이 피기 시작했습니다. 이제껏 백합 구근은 키워본 적이 없어서 호기심에 튤립과 함께 심어봤을 뿐이었어요. 그저 백합이 어떤 모양으로 자라나는지 궁금해서요. 백합은 얇은 이파리를 열심히 올리며 키를 먼저 키우더군요. 빠르게 쭉쭉 자라 1미터 남짓 키가 자랐을 때 꽃봉오리가 잡히기 시작했어요. 손가락 한 마디만 하게 시작한 꽃봉오리가 손가락 두 마디만큼, 또 손바닥만큼 크게 자랐습니다. 그리고 드디어 기다림에 지쳐가던 어느 날 아침 그 커다란 얼굴을 보여주었어요. 생각보다 오래 걸렸습니다.

그동안 절화로 만나온 백합들은 대단히 매력적인 꽃은 아니었어요. 커다랗고 화려한 꽃이거나 꽃술이 요란하고 꽃가루가 성가신 꽃일 뿐이라고 생각했지요. 백합처럼 홑겹의 꽃보다는 작약 같은 겹꽃을 훨씬 좋아하기에 백합의 매력은 그리 대단치 않았습니다.

백합이 하나둘 피어나기 시작해 열심히 꽃술을 잘라주었어요. 잘라주지 않으면 금방 꽃잎과 바닥에 꽃술이 떨어져 노랗게 물이 들어버리니까요. 곱게 피어난 백합이 다섯 송이를 넘기고 열 송이를 넘기니 온 집 안에 백합 향기가 황홀하게 퍼지기 시작했습니다. 후각이 마비될 지경으로 강한 백합 향을 맡으며 생활하는 건 상상 이상으로 즐거운 일이었어요.

외출했다 백합 향 가득한 집으로 돌아오면 온종일 미세먼지와 도시의 소음에 지친 몸과 마음이 즉각 치유되는 것 같아요. 이파리의 섬세한 질감과 유려한 곡선, 한없이 뿜어지는 향기까지 새삼 모두 아름답게 느껴지고요. 이제껏 왜 백합을 대수롭지 않게 여겼나 생각하며 앞으로는 매해 가을마다 백합 구근을 심는 것을 빼먹지 말자고 다짐해요.

혹시 이 글을 읽고 튤립이나 백합을 들이려는 분들을 위해 노파심에 적어봅니다. 백합과 식물은 반려동물들에게 꽤 위험한 존재가 될 수도 있어요. 개나 고양이에게 해로운 튤리팔린 성분을 가지고 있어서 자칫 반려동물들이 꽃이나 꽃가루를 먹었을 경우 치명적일 수 있으니 반려동물을 키우시는 분들이라면 부디 조심히 다뤄주세요.

길고 우울한 계절. 집 안의 공기를 기쁘게 해주는 튤립과 백합이 있어 무사히 겨울을 보낼 수 있는 게 아닐까 고마운 마음이 들어요. 그 고마움에 힘입어 추위가 물러나는 날까지 안전하게 보내봐야겠어요. 코너를 돌면 봄이 기다리고 있으니까요. 씨앗을 뿌릴 수 있는 날들이 다가오고 있습니다.

유칼립투스는 곤란합니다

몇 해 전부터 플렌테리어planterior라는 단어가 꽤 자주 들려옵니다. 보기만 해도 시원해지는 관엽식물들이 이 집, 저 집의 거실에 자리 잡기 시작했어요. 내 주변 사람들도 각자의 취향에 맞는 반려식물 찾기 모험을 시작했습니다. 이제껏 식물에 큰 관심이 없던 한 지인은 처음으로 진지하게 식물을 들이고 싶다며 나에게 몬스테라와 아레카야자에 대해 물어오기도 했어요.

'내가 잘 키울 수 있을까?' '해가 많이 필요할까?' '우리 집이랑 잘 어울릴까?' 누군가 그런 고민을 조심스럽게 내비칠 때마다 나는 적극적으로 그들을 부추기며 얼른 데려오라고, 늦게 들일수록 집 안의 탁한 공기가 머무는 시간이 길어질 뿐이라며 강력히 권합니다.

거듭해서 이야기하지만, 미세먼지가 가득한 삶을 사는 우리의 안식처에는 항상 최대치의 식물이 필요해요. 식물들이 공기를 정화해준다는 사실이야말로 식물을 들이기에 완벽한 변명거리(?)이지요. 거실에 두고 키우기엔 커다란 여인초도 좋고, 고무나무도 좋아요. 조금 캐릭터가 강한 식물을 좋아하는 지인들에게는 박쥐란이나 크리소카디움을 권하기도 했어요. 그렇지만 절대로 권하지 않는 식물이 한 가지 있습니다. 이 식물을 데려오겠다는 사람이 있을 땐 최선을 다해 말리기도 합니다. 식물이라면 앞뒤 없이 권하는 나도 절대로 먼저 권하지 않는 문제의 식물은 바로 유칼립투스입니다.

유칼립투스는 특유의 작고 동글동글 귀여운 이파리의 모양 때문에 절화로 특히 사랑받는 식물이에요. 금방 자라나는 속성수인 데다가 저렴한 가격 덕분에 꽃다발이나 꽃바구니에 빠지지 않고 꽃을 받쳐줄 소재로 흔하게 사용되지요. 뿐만 아니라 유칼립투스는 비염이나 항염, 항균에 특화된 효능 덕에 아로마 오일로 쓰이기도 해요. 유칼립투스에는 시네올이라는 성분이 포함되어 있어 오일을 직접 피부에 바르거나 차로 마시기도 하고, 특유의 맑은 향 덕에 아로마 램프에 넣어 사용되기도 해요. 요모조모 뜯어볼수록 가까이 두면 이로운 점이 많은 식물이지요.

유칼립투스의 기능들이 널리 알려지면서 '유칼립투스 나무'도 대중적으로 큰 사랑을 받기 시작했습니다. 이제는 집 근처의 식물 가게에서도 쉽게 찾아볼 수 있고, 인터넷 검색창에 유칼립투스 다섯 자를 입력하면 몇 천 원짜리부터 몇 십만 원짜리까지 크고 작은 유칼립투스 나무를 손쉽게 구입할 수 있어요. 그런데 유칼립투스를 집에 들이기 전에 꼭 알아두어야 할 사실이 있습니다. 유칼립투스는 자기가 좋아하는 환경을 만나기만 한다면 키가 70미터까지도 자라나는 거목이라는 사실이에요.

유칼립투스는 정말이지 물도, 해도, 통풍도 엄청나게 좋아하는 나무입니다. 봄, 여름, 가을 동안 유칼립투스를 야외에 두고 키운다면 이들은 속성수답게 반년 만에도 무럭무럭 자라나요. 손바닥 크기였던 어린 나무가 사람 키만큼 껑충 자라기도 해요. 옆에 서 있던 다른 식물들과는 다른 시간을 사는 것처럼 매일매일 쑥쑥 자라나는 것을 구경할 수 있어요.

야외에서 키운다는 전제하에 이들은 늦가을까지 신나는 성장을 보여주겠지만, 서울의 겨울을 견딜 수 있는 유칼립투스가 많지 않은 것이 문제입니다. 한파가 불어닥칠 때 즈음 월동을 위해 나무를 집 안에 들이고 나면 가슴앓이를 하게 돼요. 뜨거운 직사광선을 그 어떤 나무들보다도 좋아하는 나무

이기에 어지간한 실내의 채광량에 만족하지 못하고 금세 시들어버리거든요.

세상에는 약 700여 종의 유칼립투스가 존재해요. 나는 그중 십여 종의 유칼립투스를 키워보았습니다. 어떤 유칼립투스는 씨앗을 뿌려 새싹부터 키웠고, 어떤 유칼립투스는 꽤 큰 돈을 치르고 큰 나무를 데려와서 키웠어요. 월동 온도가 매우 낮아서 야외에서 겨울을 견딜 만한 유칼립투스 파블로를 키워보았고, (겨울을 이기지 못하고 사망하셨습니다) 이파리 끝이 뾰족한 게 매력적인 유칼립투스 블랙잭도 키워보았습니다. (겨울을 넘기지 못하고 사망하셨습니다) 텃밭에 심어두고 오래도록 큰 나무로 키우고 싶어서 유칼립투스 스노검도 키워보았습니다. (그 역시 겨울에 지고 마셨습니다)

유칼립투스를 키우는 일이 만만치 않다는 것을 알면서도, 그 예쁜 이파리의 모양과 황홀한 향에 이끌려 꽃 시장에만 가면 홀린 듯 이 친구를 데려왔다 또다시 죽이곤 합니다. 온종일 햇빛이 잔뜩 들어오는 베란다를 가진 사람이라면 집에서도 유칼립투스를 건강하고 커다랗게 키워낼 수 있을지 모르지만, 적어도 나에게 유칼립투스는 좀 곤란합니다.

물론 유칼립투스 키우기에도 희망은 있습니다. 다른 유칼립투스들이 다 죽어가도 유일하게 겨울을 견디며 나와 함께 살고 있는 유칼립투스 나무는 삼 년째 건재해요. 폴리안이라는 종류의 유칼립투스인데, 넓적하고 귀여운 이파리가 매력적인 나무이지요. 나의 폴리안은 매해 봄부터 가을까지는 신이 나서 키를 키우고, 이파리를 올립니다. 이파리는 하루에 한 장씩 새로 자라나는 것 같아요. 봄의 싸늘함이 여름의 뜨거움으로 바뀔 무렵부터는 제법 튼실하고 빼곡하게 아름다워집니다. 매해 늦가을이 폴리안의 절정입니다. 온도가 낮아지며 초록이던 이파리를 묘하게 채도가 낮은 붉은색으로 물들입니다. 줄기와 이파리 가장자리는 새빨갛게 변하고요.

슬프게도 그가 절정의 아름다움을 뽐내는 날들은 그리 길지 않아요. 겨울바람이 불기 시작하고, 서울의 최저 기온이 영하 4도 아래로 떨어지는 첫날 그는 겨울나기를 위해 가지치기를 하고 집 안으로 들어와야 해요. 집 안으로 들어와서는 한 달쯤 이파리와 줄기를 지키며 열심히 버티다가 결국 늦겨울에 이파리를 다 떨구고 말지요.

나는 폴리안이 죽었을까 살아 있을까 고민하며 아주 가끔 물을 주고 통풍도 게을리하지 않고 돌봅니다. 그러다 보면 봄기운과 함께 그가 다시 새로운 이파리를 뿜어내며 새로운 시작을 알리곤 합니다.

거목인 폴리안을 최대한 크게 키워주고 싶은 마음이 굴뚝

같지만, 서울이라는 환경적 제약으로 일 년의 루틴을 반복할 수밖에는 없어요. 거대하게 자라고 싶을 텐데, 내 작은방에서 이파리를 떨구고 서 있는 것이 그에게 너무 고된 삶은 아닐까 과하게 감정이입을 하곤 합니다. 그래서 나에겐 여러모로 유칼립투스가 곤란합니다.

아마 올해도 나는 많은 유칼립투스를 집으로 데려와 봄 여름 가을을 키우고, 겨울이 오면 가슴앓이를 하겠지요. 그 불 보듯 뻔한 나도 정말 곤란합니다.

시부야의 아주 작은 식물 센터

이른 봄, 도쿄에서 공연을 했습니다. 커다란 악기를 들고 공연 전날 밤늦게 하네다 공항에 도착했어요. 선잠을 자고 일어나 리허설과 공연을 마친 후 이틀의 자유 시간이 생겼습니다. 도쿄의 식물들을 만날 기회입니다!

도쿄에서 가장 먼저 눈에 띈 첫 번째 식물은 아이비였습니다. 서울에서는 실내식물로 사랑받는 친구들인데 도쿄에서는 호텔 앞 화단에 건강하게 줄기를 늘어뜨리며 살고 있습니다. 초봄까지 매섭게 추운 서울에서는 상상도 못할 일인데 서울과는 다른 식물들이 길가에 자리 잡고 있는 모습이 흥미로워요. 도쿄의 겨울이 서울의 겨울보다 따뜻한가 봅니다.

도쿄엔 멋진 나무들이 아주 많아요. 키가 멀대같이 크고 가지가 빽빽하게 자라난 나무들을 손대지 않고 멋대로 자라도록 그냥 두는 넉넉함이 좋아요. 도시 한가운데 그런 나무들이 살기에 안성맞춤인 커다란 공원들과 호수들이 많은 것도 좋고요. 중심가에 위치한 신주쿠 공원이나 요요기 공원을 산책할 때마다 '이렇게 복잡한 동네에 이렇게 넓고 쾌적한 공원이 있다니' 하고 매번 감탄하게 됩니다.

그러나 이번 도쿄 여행에서 나를 사로잡았던 건 널찍하고 멋진 공원이나 멋진 나무들이 아니라 시부야의 아주 작은 식물 센터였어요. 이틀의 자유 시간을 보내기 위해 나는 시부야 근처의 적당한 호텔로 거처를 옮겼습니다. 머스터드색을 포인트 컬러로 사용한 이 호텔은 방이 작지만 아주 깔끔하고, 조식이 맛있다고 해요. 자유 시간 동안 뭘 할까 고민하며 구글 맵을 둘러보고 근처에 괜찮아 보이는 장소들을 저장해둡니다. 식당과 카페는 초록색으로, 꼭 가야겠다 싶은 장소들에는 핑크색으로 구분하고요. 그렇게 구글 맵을 뒤져보는데 호텔 바로 앞에 '시부야 후레아이 식물 센터'라는 건물이 있었습니다.

처음엔 그저 식물 가게이겠거니 했는데, 구글 맵의 소개를 보니 입장료를 내고 들어가 식물을 구경하는 곳 같아요. 사진이나 소개가 대단히 흥미롭지는 않았지만, 식물원이라기엔 너무 작고, 그렇다고 식물 가게도 아닌 그 공간이 궁금해졌습니다. 입장료도 고작 100엔이니 딱히 손해볼 것도 없겠다 싶었어요.

이른 아침 홀로 후레아이 식물 센터를 찾았습니다. 겉으로 보기엔 아담한 사이즈의 평범한 건물이네요. 긴가민가하며 출입문을 밀고 들어서자 친절한 직원이 입장료를 받습니다. 그는 내 꽃무늬 원피스가 예쁘다고 칭찬을 건네요.

"감사합니다. 꽃을 좋아해서요."

"저도 꽃을 좋아해요. 원피스가 정말 예쁘네요."

이 짧은 대화로 이 공간을 의심하던 마음에는 온기가 들어차며 말랑해집니다. 단순히 원피스에 대한 칭찬을 들어서가 아닙니다. 그 대화의 적당한 온도와 그분이 건넨 칭찬의 말이 진심으로 느껴졌기 때문이에요. 역시 남녀노소를 불문하고 식물을 다루는 사람들 중엔 좋은 사람들이 많은 것 같아요.

식물 센터의 내부는 겉에서 보이는 것처럼 안락한 공간이었습니다. 층고가 3층쯤 되는 건물의 한쪽은 유리창으로 만들어서 채광에 신경을 썼고, 반대쪽에는 2층으로 올라갈 수 있는 계단이 보였습니다.

유리창 앞에는 몬스테라와 박쥐란들이 제멋대로 활개 치며 주렁주렁 자리하고 있네요. 작은 공간에 칼라데아, 고무나무, 선인장, 야자류 등을 빼곡하게 심어두고 관리를 열심히

한 모양이에요. 공간의 제약에 비해 식물군이 다양하거든요.

1층에는 오솔길을 구불구불하게 만들어 관람객이 구경하기 좋은 모양을 연출해두었네요. 시냇물도 졸졸 흐르고요. 마치 다른 차원에 들어선 것 같은 기분으로 좁은 길을 걸으며 건물 안을 한 바퀴 돌고 중앙으로 갔다가 옆으로 빠지기를 반복하며 식물들을 구경합니다. 공간이 넓지 않아 식물들을 배치하는 것만으로도 벅찼을 텐데, 사람의 발길이 닿는 구석구석을 의자와 테이블, 벤치로 채워둔 것이 인상적이에요. 심지어 2층에는 식물을 구경하기 좋은 자리마다 카페처럼 의자와 테이블을 배치해두었습니다. 한쪽 구석에는 무료로 차를 제공하는 곳도 있고요. 그곳에는 홀로 책을 읽는 사람, 둘셋씩 모여 담소를 나누는 사람 등 각각 평안한 일상을 보내고 있어요.

책장이 놓인 벽 앞에는 아이들이 모여 앉아 각자 무언가를 쓰고 있습니다. 아이들은 다리를 열심히 흔들며 키득키득 웃다가 이내 연필을 열심히 놀리곤 해요. 바로 옆엔 공기를 불어 만든 미니 풀장이 있고 풀장 안에는 낙엽이 잔뜩 담겨 있어요. 도쿄의 꼬마들은 저 낙엽 수영장에 들어가 즐거운 시간을 보내겠지요. 나는 난생처음 겪은 종류의 공간에 매우 어리둥절했습니다.

잠깐 구석 자리에 앉아 1층을 바라보며 시간을 보내는데 식물 센터로 걸어 들어오는 사람들의 모습이 보여요. 친절한 직원이 챙겨줬던 리플릿을 열어보니 마침 오늘 어떤 행사가 있는 모양이에요. 번역기를 이용해 행사 내용이 무엇인지 찾아보니 2층에서 동백 분재 클래스가 열린다고 하네요. 하나둘 모여든 사람들이 방에 들어가서 동백 화분을 하나씩 나누고 있는 모습을 마지막으로 식물 센터를 나섰습니다. 부러움과 어리둥절함이 섞인 마음으로 건물 밖에서 다시 건물을 바라봤어요.

후레아이 식물 센터는 애초에 내가 짐작했던 그저 작은 식물원이 아니었어요. 그보다 훨씬 근사한 공간이었지요. 그곳은 식물과 더불어 사는 사람들이 편히 쉬었다 갈 수 있게 만들어둔 도시의 오아시스 같은 곳이었습니다. 단돈 100엔으로 작은 식물원 구경, 무료로 즐길 수 있는 차, 넉넉하게 마련해둔 의자와 테이블을 제공하는 쉼터 같은 곳이었어요. 그곳에서 키득거리면서 책상에 앉아 있던 아이들에겐 먼 훗날 그 공간이 아주 좋은 추억으로 자리하겠지요. 집과 교실이 아닌 식물 센터에서 친구들과 함께 만든 기억의 배경에는 늘 식물들이 있을 테고요. 자연스레 식물들도 아이들도 자라나는 곳이라니 정말 이상적이고 부러운 공간입니다.

바쁘고 복잡하게 살아가는 우리에게도 이곳과 같은 작은 식물원이, 그러니까 도서관이나 놀이터 같은, 또 카페 같으면서도 단돈 천 원에 넉넉하게 즐길 수 있는 공간이 있으면 얼마나 좋을까 생각해요.

멋있어서 감탄하고 사진을 찍고 다시는 찾지 않게 되는 번쩍번쩍한 공간도 좋지만, 작고 사랑스러워 마음이 편해지는 식물과 함께하는 공간이 동네마다 생겨나면 좋지 않을까 조용히 염원합니다. 남녀노소 모두 편하게 즐길 수 있는 공간은 언제나 귀하니까요.

작은 선인장 마을의 봄

봄의 제주는 정말 아름답습니다. 물론 여름의 제주, 가을의 제주, 겨울의 제주 모두 각각의 아름다움을 지녔지만 봄의 제주에는 쉽게 거절하지 못하는 종류의 아름다움이 있습니다. 봄을 실은 바닷바람이 코끝을 간질이고, 봄 나무의 가지들은 작게 움을 틔우고 있습니다. 사방팔방 유채꽃이 흐드러지게 피어 있고, 사람들의 얼굴엔 너그러운 웃음이 가득합니다. 그 사랑스러운 제주에서도 특별히 더 사랑스러운 마을에 다녀왔습니다.

제주에 선인장 마을이 있다는 소식은 아주 오래전에 들어 익히 알고 있었어요. 대체 어떤 곳이기에 야생 선인장이 자랄 수 있다는 것인지 직접 보지 않고서는 이해할 수 없겠다고 생각한 곳이었지요. 일과 휴식을 겸한 일주일간의 제주도행이

결정되고 가장 먼저 언제 선인장 마을에 갈 수 있을지 스케줄을 확인합니다.

이번에는 제주에 있는 동안 그간 늘 궁금했던 전기차를 렌트해보았어요. 휘발유나 디젤 차량들에 비해 에너지 충전 후 주행 가능 거리가 짧아 충전소를 자주 찾아야 하는 번거로움이 있지만 환경에 해를 덜 끼치고 있다는 생각이 드니 마음이 조금 가벼워집니다. '조금이라도 무해한 사람으로 살고 싶다'는 마음이 이런 결정들로 나를 이끌어갑니다.

선인장 마을에 가는 날에는 전형적인 제주의 해안도로를 끼고 한참을 달렸습니다. 마을은 제주 공항에서 33킬로미터 떨어져 있는 월령리에 위치해 있어요. 조용히 선인장 마을에 도착해 아직은 작동이 낯선 렌터카 문을 힘차게 닫고 나 홀로 산책을 시작합니다.

봄의 온화하고 친절한 공기와 바다에서 불어오는 짭짤한 바람이 순식간에 온몸을 감싸옵니다. 금세 '캬, 이거지' 하는 기분이 느껴져요. 눈앞에 펼쳐진 바다와 파도 소리. 내게 너무도 필요했던 고마운 자극입니다. 가끔은 정말로 도시를 벗어나야 해요. 너무 오래 도시에서만 지내다 보면 자꾸 더 이기적이고 내 눈앞의 것밖에 보지 못하는 사람이 되어가는 것 같으니까요.

월령리는 일반적으로 관광지들이 모여 있는 중문이나 서귀포와 달리 매우 조용하고 한적한 동네예요. 돌담이 나지막이 쌓인 길을 걷습니다. 마을 어귀에서부터 돌담 안쪽에는 선인장들로 가득해요.

민가를 지나 선인장 마을에 대해 여러 가지 언어로 설명해 둔 표석을 훑어보고 본격적으로 바닷가를 걷기 시작합니다. 왼쪽으로는 끊임없이 파도가 밀려오는 바다, 오른쪽으로는 자생 선인장들이 끝도 없이 장관을 펼치고 있어요. 어디서 나타났는지 언제부터 함께였는지 모를 동네 고양이 한 마리가 야옹 소리 한 번 없이 조용히 앞서다가 이내 뒤따르면서 선인장 밭을 맴돕니다. 조용히 함께 걸어주는 고양이가 있어서인지 산책은 한층 더 기뻐져요.

근처 어느 집에 사는 자유로운 영혼의 고양이인지 아니면 길에 사는 친구인지 동네에 놀러 온 손님을 정말 야무지게 챙기네요. 고양이는 선인장 가시에 한 번 찔리지도 않고 그 사이사이를 노련하게 걷습니다. 어딜 가나 북적이는 관광지와는 달리 선인장 마을은 매우 고즈넉하고 한적해요. 나무판으로 잘 짜둔 산책로가 있고 곳곳에 선인장 음료를 파는 카페와 선인장이 잔뜩 세워진 가게들의 입간판만 보일 뿐 별다른 인기척은 없어요.

바다를 보고 사는 선인장들은 아주 조용하고 우직하게 서 있습니다. 종일 해와 바람을 겪어내느라 그들의 몸통엔 거칠게 상처가 나고 빛바래가지만 서로가 서로의 곁을 다닥다닥 붙어 지키고 있는 모습을 보며 나는 엉뚱하게도 선인장들이 마치 〈원령공주〉의 숲속에 살고 있는 나무 정령 고다마 같다는 생각을 했습니다. 묘한 기운을 내뿜는 자연의 존재들을요.

파도 소리뿐인 바닷가에 수십만 선인장들과 나와 고양이가 함께 있습니다. 두 눈으로 직접 구경하고 있어도 야생 선인장이 살고 있는 걸 바라보는 일은 정말 흥미롭습니다. 멕시코도 아닌 한국에 야생 선인장이라니요! 사막에서만 자생할 수 있는 줄 알았던 선인장들이 바닷가에 자생하고 있다니요! 한국에서는 유일하게 제주 월령리에서만 볼 수 있는, 제주이기에 가능한 재미난 광경입니다.

선인장이 이곳에 자리잡고 자생하게 된 이유는 바로 멕시코에서 해류를 타고 제주에 도착한 선인장 씨앗이 모래나 바위틈에서 뿌리를 내리고 자라나기 시작했기 때문이라고 해요. 이 외에도 여러 가지 설이 있는데, '구로시오 난류에 의한 자생'이 가장 유력한 설인가 봅니다. 현재는 제주도 지방기념물 제35호로 지정되어 보호되고 있을 정도로 사랑받고 있는 친구들입니다.

흔히 '백년초'라고 불리는 이 선인장들은 봄에 작은 열매가 열리고 여름에는 노란 꽃을 피웁니다. 가을이면 열매가 자라 수확을 할 수 있게 되고 이 열매는 소화기나 호흡기에 좋다고 알려져 있어요. 멕시코에서는 백년초 선인장을 노팔nopal 이라 부르고, 보편적인 식재료로 사용한다고 하고요. 그러니까 선인장을 볶거나, 수프로 끓여 먹는다는 것인데 내게는 생소하게 느껴지는 개념이에요. 그래도 언젠가 멕시코에 간다면 노팔 요리를 판매하는 레스토랑에 꼭 가봐야지 생각해요. 선인장 마을의 가장자리 바닷가를 따라 이 끝에서 저 끝까지 약 40분에 걸쳐 왕복하고 다시 작은 전기차로 돌아왔습니다.

낯선 자동차부터 선인장 마을의 존재, 묘한 기운을 내뿜는 정령 같은 선인장들과 함께 걸어준 고양이까지 모두 나를 동화 속 주인공이 된 것 같은 기분에 빠지게 해주었어요. 여름에 노란 꽃을 피운 선인장도, 가을에 열매를 맺은 선인장도, 겨울을 견디고 있는 선인장까지도 모두 궁금해지네요.

제주에 다시 오게 되면 또 만나러 오겠노라 인사를 건네고 천천히 월령리를 벗어납니다.

그럼에도, 장미 2

모든 것이 뒤집어지는 새벽이 있었습니다. 새벽 네 시 24분에 도착한 스물한 자짜리 문자 하나에 나의 세계가 무너진 날이었어요. 내 이름을 부르고, 소식을 전해오던 그 문자에는 마침표가 세 개 찍혀 있었어요. 심장이 찢기는 기분으로 세 개의 마침표를 한참 동안 바라보았습니다. 짧은 글자들은 순식간에 공기로 흩뿌려졌고, 이내 날카로운 조각이 되어 나를 찔렀습니다. 상처받은 나는 순식간에 낯선 사람이 되었습니다.

취소할 수 있는 일들을 모두 취소했어요. 온 세상에 죄송하다는 이메일을 보내고 있는 기분이었습니다. '평판이 나빠지겠지' 하고 생각했어요. 내가 십수 년간 프리랜서로 살아올 수 있었던 이유는 아마도 '성실함'과 '마감 엄수' 덕분이었던 것 같은데, 그날부터는 도저히 어찌할 수 없었습니다. 끝없는

지옥에 덩그러니 던져진 것만 같았거든요.

매일 몇 시간씩 공들여 돌보던 내 작은 정원의 수백 가지 식물들은 빠르게 아름다움을 잃어갔습니다. 윤기가 흐르던 이파리들이 금세 푸석푸석하게 변했어요. 성냥개비를 하나 둘 모아 차곡차곡 쌓아온 것 같은 나의 세계와, 씨앗을 뿌려 물을 주고 일궈온 나의 정원이 함께 병들어가고 있습니다. 어디서부터 어떻게 만져야 다시 괜찮아질지 모르겠어요. '내 밥은 못 먹어도 식물들 물은 줘야지' 하는 마음으로 식물들을 챙기고 있지만 무언가를 계속 놓치고 있는 모양이에요.

올봄 새로 데려온 알로에, 수년째 키워 꽤 많이 자란 율마, 하얀색 꽃을 피운다는 라넌큘러스와 탐스럽던 유칼립투스, 꽃 한 번 피워보지 못한 오색 동백나무가 내 세상의 붕괴를 견디지 못하고 죽었습니다. 어디서부터 놓쳤는지 모르겠습니다. 물을 주려고 노력했고, 시든 이파리를 정리하려고 노력했습니다만 충분하지 않았나 봅니다.

올봄의 시작에 새로 데려온 식물들이 아주 많았어요. 그중 가장 유망주는 바로 영국 장미였지요. 지난 몇 해 동안 이 영국 장미(데이비드 오스틴 장미)를 들일지 말지 무척 망설여왔어요. 장미를 별로 좋아하지 않을뿐더러, 벌레가 많이 꼬여 관리하기 힘든 것으로 악명이 높았기에 고민이 길었지요.

게다가 데이비드 오스틴 영국 장미들은 가격도 만만치 않아서 선불리 들이기엔 진입 장벽이 높아요. 그래서 몇 해나 주저해왔는데, 올해엔 어떤 용기였는지 연핑크색 장미를 피운다는 젠틀 허미언gentle hermione을 데려와 키우는 중이었습니다. 이 친구는 활짝 피어나면 꽃잎이 90장이나 되고, 전통적인 장미향을 내는 종류로 알려져 있지요. 놀라운 건 내가 그토록 망가져 있을 때, 제대로 신경 써주지 못하고 있을 때, 이 친구가 꽃봉오리를 올려주었다는 겁니다. 다른 예민한 식물 친구들이 생기를 잃고, 율마가 갈색으로 변해 죽은 날. 젠틀 허미언의 봉오리는 살짝 벌어지며 연한 핑크색 꽃잎이 여기 있노라 신호를 보내주었어요.

나는 장미에게 계속 물을 줬습니다. 밤새도록 울다가 새벽이 오면 테라스로 나가 장미에게 물을 주고 바라봤어요. 열네 개의 꽃봉오리가 저마다의 속도로 자라나고 있었어요. 어떤 봉오리는 탐스럽게 벌어질 준비를 마친 상태로, 어떤 봉오리는 아직 작아서 아무것도 준비되지 않은 상태로 나를 맞이했지요. 다행히 나의 절망이 장미에게까지 가닿지 않은 모양인지 아니면 그 슬픔을 감싸주려고 더 분발해서 꽃봉오리를 올린 건지 잘 모르겠어요. 감사하게도 장미가 피어나주었다는 사실이 내게 중요했습니다.

장미의 부양자인 나는 매일 밤 울다가 잠들다가 괴로운 노랫소리로 깨어납니다. 매일 같은 노랫소리가 머릿속에 반복돼요. 그렇게 매일 나는 빠르게 생기를 잃어가고 있었어요. 그럼에도 장미는 매일 더 할 말이 많아졌다는 얼굴로 나를 바라봐주었습니다. 어느 날 아침 마침내 여러 송이의 장미가 활짝 피어난 날 장미 앞에 선 나는 깜짝 놀랐어요. 이 하늘 아래 이 친구와 내가 함께 실존하는 것인지 믿을 수 없는 기분이 들었습니다. 어린아이처럼 엉엉 목놓아 울었습니다.

아주 연한 핑크빛이 도는 장미가 크고 아름다워요. 듣던 대로 향기도 어마어마하고요. 수많은 꽃잎이 빼곡하게 서로의 자리를 지키며 피어났네요. 그 아스트랄한 아름다움에 압도됩니다. 흠잡을 곳 없이 아름다운 장미를 한참 바라봐요. 하얀 이파리와 아주 연한 핑크색 이파리가 그러데이션 되어 피어올랐어요. 90장이나 된다는 이파리를 조심스레 만져보면 그 차가운 온도와 연약한 질감이 내 몸에 그대로 전해지는 것을 느낍니다. 괴로워도 나는 살아 있고, 장미는 피어난 것입니다.

나는 삶이 어렵습니다. 툭툭 털고 일어나 괜찮아지고 싶은데 마음처럼 쉬운 일이 아니네요. 집 밖으로 나가기가 겁이나 망설이고, 신발 신는 법부터 다시 배우는 것 같은 하루하루를 보내고 있어요. 스스로 존재의 이유를 묻고 대답을 찾지 못해 울다가 잠에 들어요. 그렇지만 나는 장미를 피울 수 있는 사람이었습니다. 오색 동백과 라넌큘러스는 죽어버렸지만 아직 내 정원에는 수많은 식물이 나의 손길을 기다리고 있습니다.

다음 주에는 뿌리가 많이 자란 식물들을 분갈이해주고 싶어요. 바닥의 물구멍으로 뿌리가 삐져나와 더 큰 집으로 옮겨달라고 시위하는 듯한 식물 친구들을 옮겨줄 각오로 또 며칠을 보내겠습니다. 천천히 흙을 만지고 공기의 냄새를 맡겠습니다.

이렇게 하나씩 해나가다 보면, 장미가 꿋꿋하게 피어난 것처럼 나도 천천히 일어설 수 있게 될까요. 오전에는 식물들에게 물을 주고 이파리를 닦으며 눈앞에 놓인 하루하루를 살아가고 싶습니다. 몸과 마음의 평화가 천천히 찾아오는 아침을 기다립니다.

밀라노의 수직 정원

식물 사진 검색에 빠져 인터넷을 뒤지다가 그만 눈이 휘둥그레지는 사진 한 장을 발견했습니다. 사진 속에는 식물로 만든 로봇처럼 생긴 거대한 콘크리트 건물 두 채가 떡하니 있어요. 꽤 높은 고층 건물인데, 여러 종류의 식물들이 건물의 외관을 조화롭게 휘감고 있어요.

처음엔 그저 현대미술 작품이겠거니 생각했습니다. 이런 식물 로봇 같은 건물이 지구에 존재한다는 사실은 금시초문이었으니까요. 그러나 좀 더 자세히 알아보니 이 건물은 그래픽으로 만들거나, 디자인 툴로 손본 사진이 아닌 밀라노에 실존하고 있는 건물이었어요. 두근두근, 마음이 방정맞아지기 시작합니다.

2014년 10월에 완공된 이 건물의 이름은 '수직 정원'이라는 뜻의 보스코 베르티칼레Bosco Verticale입니다. 이탈리아의 건축가 스테파노 보에리Stefano Boeri가 지은 보스코 베르티칼레는 26층, 18층 두 개의 동으로 이루어져 있으며 (나는 큰 식물 로봇, 작은 식물 로봇이라 생각했어요.) 생물학자들과의 협업으로 최적의 식물들과 생육 조건을 고려해 지어졌다고 해요. 특히 생활 하수를 정수해 조경수로 이용한다고 하니 정말 여러모로 착한 장소입니다. 이 두 건물에는 900여 그루의 나무와, 2만 개의 식물들이 살고 있어 1헥타르의 숲이 공기를 정화하는 효과를 낸다고 하지요.

사진 한 장에 나는 그만 거칠게 흔들렸습니다. 바로 캡처해서 저장해두고 호시탐탐 이곳을 만나러 갈 기회만을 꿈꾸었습니다. 이탈리아엔 학생 시절 딱 한 번 가봤어요. 극성수기인 한여름에 피렌체와 로마, 베니스에 갔었지요. 그래서 이 나라에 좋은 추억을 갖기 어려웠을지 모르겠어요. 코앞에서 돈 통을 흔들며 놀라게 하던 로마의 집시들과, 베니스의 물비린내…… 이미 마음에는 '불호'의 나라로 정해둔 곳이었습니다. 하지만 식물로 뒤덮인 건물 두 채의 사진을 본 후론, 다시는 가고 싶지 않다고 마음먹었던 나라로 향하게 되었습니다. 고맙게도 밀라노까지는 국적기의 직항이 있네요. 적당한 가격에 비행기 표를 사두었습니다.

출발하기로 예정된 날짜에 도달할 때까지 인생이 생각한 대로 무리 없이 흘러주었다면 좋았을 텐데, 장미꽃이 필 무렵 나의 삶에는 커다란 절망이 도착했습니다. 어느 날 갑자기 도착한 절망에 나는 무기력하고 우울한 나날들을 보내며 비행기 표를 취소해야 하나, 무리를 해서라도 떠나야 하나 고민을 반복했어요. 비행기 표 취소 버튼 위에 커서를 올려두고 딸깍, 눌러보기도 했어요. '정말로 취소하시겠습니까' 재차 물어오는 팝업창에 '아니오'를 눌렀습니다.

잔인하게도 삶은 계속됩니다. 언제까지 모든 것을 멈추고, 취소할 수 없습니다. 친구들은 절망에 빠진 상태의 내가 할 수 있는 것들을 하고 낯선 길을 걷고, 맛있는 음식을 먹으면 나아질 거라고 용기를 주었어요. 그 독려의 말들에 힘입어 유월의 어느 날 보스코 베르티칼레를 보기 위해 떠났습니다.

공항에 가는 길에도 마음은 계속 갈팡질팡이었어요. 갑자기 겁 많은 인간이 되어 다시 캐리어를 끌고 집으로 돌아가고 싶어졌습니다. 그러나 다시 마음을 다잡고 앞으로 앞으로 향해 걸었어요. 체크인을 마치고 게이트 앞에서 뚝배기 불고기를 먹었습니다. 조금 긴 여행을 떠나기 전엔 늘 중요한 의식처럼 공항에서 한식을 챙기는데, 이 별일 아닌 의식에 괜히 비장한 마음이 더해집니다.

좁은 이코노미 좌석에서 열두 시간 남짓을 보내고 밀라노에 도착했습니다. 이곳의 시간은 밤 아홉 시. 늦은 밤에도 훤한 대낮처럼 밝아요. 나는 유럽에 도착한 것을 실감합니다.

보스코 베르티칼레와 최대한 가까운 거리에 위치한 호텔을 예약했습니다. 호텔로 가기 위해 택시를 잡아 탔어요. 택시 기사님은 멀찍이 보이는 보스코 베르티칼레를 가리키며 "저 건물이 아주 유명합니다. 저걸 보러 밀라노까지 오는 사람들도 있어요"라고 설명합니다.

'네, 기사님. 그게 바로 저랍니다.'

낯선 도시에서의 하룻밤을 보내고 낯선 식당에서 조식을 먹었어요. 식사를 마치자마자 구글 맵의 안내를 따라 보스코 베르티칼레를 찾아나섰습니다. 사실 멀리서도 선명하게 잘 보이기 때문에 쉽게 찾아갈 수도 있지만, 신중히 길을 따라 걷고 싶었어요.

식물 로봇들에 가까워질수록 숲의 냄새가 났어요. 벌레 소리, 새소리가 들려왔고요. 그리고 드디어 오늘의 목적지가 보이네요. 사진으로 보던 것보다도 더 웅장하고 감동적인 모습의 보스코 베르티 칼레! 각 식물의 색과 형태를 염두에 두고 차곡차곡 심겨 있는 수직의 숲을 바라보았습니다. 실제 주거 공간으로 사용되고 있기 때문에 건물의 내부를 구경할 수는 없었지만, 건물 앞의 벤치에 한참 앉아 그곳을 드나드는 사람들을 부러운 시선으로 응시했어요. 촌스러운 짓을 했지요. 그렇지만 정말 부러웠어요.

두 채의 건물을 몇 바퀴 빙빙 돌며 구경하는데 흥미로운 점이 있었습니다. 보스코 베르티칼레 주변의 아파트와 건물들도 전부 식물로 건물을 꾸미거나 화분을 다닥다닥 늘어두는 데에 열성적이라는 것이에요. 수직의 정원은 주변 건물에 사는 사람들에게도 식물 생활을 장려하고 있나 봅니다.

보스코 베르티칼레는 이미 건축학회에서 큰 상을 휩쓸며 큰 성공을 거두었습니다. 스테파노 보에리는 현재 로잔에 36층짜리 수직 숲 빌딩을 짓고 있는 중이며, 류저우시柳州市 북쪽에는 세계 최초로 '수직 숲 도시'를 만드는 중이라고 해요. 2020년에 완공된다는 이 수직 숲 도시를 시작으로 부디 더 많은 수직의 숲이 자라나 지구의 초록화에 일조해주었으면 좋겠어요. 그리고 더 많은 식물 로봇과 만날 수 있기를 바랍니다.

대나무 숲에 외치고 싶은 이야기

대나무 숲에 가고 싶었습니다. 임금님의 귀가 당나귀 귀처럼 생겼다는 비밀을 간직한 채 살다가 몸과 마음의 병을 얻어 결국 대나무 숲 한중간에서 '임금님 귀는 당나귀 귀'라고 외치던 경문왕의 이발사 이야기가 몇 달째 마음속에 맴돌고 있어요. 이발사가 대나무 숲에 서서 크게 소리친 것처럼 내 안에도 외치고 싶은 말들이 많이 쌓여 있었나 봐요.

미국의 신학자 헨리 나우웬은 "망각한 기억은 잊힌 게 아니라 대면할 수 없어 결국 치유할 기회를 놓친 것"이라고 했다는데, 나는 할 수만 있다면 어떤 기억이든 잃어버리고 싶지는 않았던 것 같아요. 망각으로 마음의 어느 한 부분이 썩어 문드러지게 두고 싶지 않았어요. 치유하고 싶었지요. 보통의 기분으로 보통의 하루를 살고, 보통의 식욕으로 보통의 아침을 먹고, 보통의 마음으로 식물들에게 물을 주고 싶거든요. 보통의 하루가 절실하다는 기분으로 하루하루 지내는 와중에 대나무 숲에 가고자 하는 마음이 든 것도 보통에 가까워지고자 하는 열망이었을 거예요.

'대나무' 하니까 담양이 떠올랐어요. 한 번도 찾아본 적 없는 도시, 대나무 숲으로 유명한 그 도시에 가고 싶었어요. 하고 싶었지만 하지 못했던 일들은 참 많아요. 삶을 이유로 우선순위에서 밀려나는 것들이 계속 쌓여요. 다음으로 미루고 또 미루다 보면 결국 원하는 마음은 시들해지고요. 오늘이 지나면 오늘은 다시 돌아오지 않잖아요. 그래서 결심했어요. '그래, 담양에 가보자. 대나무 숲을 구경하고, 고즈넉한 길을 걷고, 무언가를 외치든 외치지 않든 마음을 한 조각 두고 오자'고요. 오늘 내가 할 수 있는 것을 하자는 마음으로요.

세 시간을 넘게 달려 담양에 도착했습니다. 먼저 향한 곳은 죽녹원이었어요. 2005년 개원한 31만 평방미터의 거대한 대숲. 그곳의 후문을 지나 늦여름인지 초가을인지 아리송한 땡볕의 길을 따라 대나무 숲으로 들어갑니다. 대숲에 들어서는 순간 높은 대나무에 빛이 차단되고 묘하게 공기가 차가워져요. 소란하던 관람객들의 소리도 멀어지기 시작하고요. 일순간 나는 전혀 상관없는 다른 공간으로 이동 당한 것 같은 기분이 듭니다. 내 발이 나를 숲으로 이끌었지만, 내가 그 공간에 존재하는 것은 의지와는 상관없는 일이라는 묘한 생각에 휩싸였어요.

숲에는 얇고 거대한 대나무들이 끝도 없이 늘어서 있고, 개중에는 지난 태풍에 힘없이 쓰러진 대나무들도 종종 눈에 띄었습니다. 하루하루 쑥쑥 자라난 지점을 표시해둔 표지판을 보며 문득 대나무의 성장세가 무섭기까지 하다는 생각이 들었어요. 기세가 좋고 환경이 잘 맞을 경우, 대나무는 하루에 120센티씩 쑥쑥 자라나기도 한다고 해요. 그들은 얇고 기다란 모습으로 서로의 영역을 지키되 최대한 가깝게 자리하며 빼곡히, 또 조용히 서 있어요.

'임금님 귀는 당나귀 귀'라고 마음속으로 곱씹으며 한참 동안 대나무 숲을 걸었어요. 여덟 개의 산책로가 각각 닮은 듯 다른 듯 이어졌다가 갈라지고 다시 만나고를 반복하고 있었어요. 오르막을 오르고, 땀을 흘리고, 내리막을 내려가며 몇 시간 동안 죽림욕을 했습니다. 대나무는 소나무 네 배가량의 이산화탄소를 흡수하고, 편백나무 두 배가량의 피톤치드를 발생시킨다고 하니 내 몸과 마음속 어딘가를 정화시켜줄 것이라는 믿음을 가지고 걸었어요.

숲이 좋아요. 숲의 냄새가 좋고, 숲의 벌레가 좋아요. 오르기는 고통스럽지만 수많은 나무에 둘러싸여 숨 쉴 수 있다는 사실이 좋아요. 사람의 수보다 나무의 수가 많은 곳이 좋아요. 삶 속의 좋은 것들에 기대어 살아가고 싶습니다. 언제고 좋은 것들을 놓치면 삶을 견뎌내기는 더 어려워지는 법이니까요. 아름다운 대숲과 숲의 향기에 기대어 그렇게 한나절을 보냈습니다.

죽녹원은 훌륭했어요. 관람객들이 지루하거나 피로하지 않게 구석구석 모형 판다를 세워두고, 대나무로 만들어진 의자에 앉아 쉴 수 있도록 세심하게 배려를 해둔 점이 남녀노소 모두 즐길 수 있는 공간이라는 확신을 갖게 했어요. 죽녹원의 대나무들은 종류별로 죽세공에 용이한 왕대, 맛이 좋아 식용으로 사용되는 솜대, 주로 조경수로 유리한 죽순대로 나뉘는데 세 종류의 대나무를 비교하며 분류해보려고 노력했지만 쉽지 않더군요. 대숲은 워낙 오랜만이니까요. 다음에, 또 다음에 오게 되면 다른 시선을 가지고 볼 수 있으리라 생각해요.

사람들이 많이 지나는 갈림길이나 표지판이 서 있는 자리의 대나무들에는 당연한 사실처럼 낙서가 있었어요. 대나무에 하트 모양 흉터를 남긴 현지와 승민이는 오래도록 행복할까요? 다른 존재의 존엄을 해치고 상처를 내는 이기심을 가진 사랑에도 결점 없는 행복이 존재할까요? 식물의 몸에 사람이 새겨둔 낙서를 볼 때마다 나는 늘 내가 인간인 것이 조금 부끄럽습니다.

대숲을 생각할 때마다 그리스신화인지 삼국시대 설화인지 모를 '임금님 귀는 당나귀 귀' 이야기를 떠올리는 사람이 비단 나뿐이 아니라는 사실에 묘한 안도감을 느껴요. 다들 마음속에 '임금님 귀는 당나귀 귀'를 품고 사는 것인지도 모르겠다는 생각이 들어서요. 대숲에서도 소리치지 못한 마음은 어떻게 해야 할까요. 망각이 주는 축복을 기다리는 수밖에는 없는 걸까요.

맑은 날의 식물원을 좋아합니다

홋카이도에 다녀왔습니다. 눈과 유제품의 고장, 홋카이도. 모두가 ― 적어도 표면적으로는 ― 친절했고, 거리마다 깨끗하고 차분한 곳이었어요. 홋카이도식 조경과 공원, 길거리가 완벽하게 눈에 익을 즈음 홋카이도 대학 식물원을 찾았습니다. 여행 기간 중 날씨가 가장 좋은 날 식물원에 가려고 벼르고 있었는데, 마침 그날 해가 쨍쨍하고 바람은 서늘했어요. 식물원 가기에 정말로 완벽한 날이었지요.

삿포로역에서 나와 수많은 빌딩 사이를 조금 걸으니 곧 홋카이도 도청이랍니다. 식물원은 도청 바로 뒤편에 있었어요. 이렇게 거대한 식물원이 도시 한복판에 자리하고 있다니! 이곳이 1886년에 지었다는 사실을 알고 나니 그 이유가 쉽게 짐작되는 듯했어요. 아마도 그 옛날엔 이곳이 빌딩 숲으로 변할 줄 그 누구도 몰랐겠지요.

오래된 식물원에 들어설 때는 늘 한껏 기대해도 좋습니다. 기나긴 세월 동안 존재한 식물원인 만큼 그곳의 나무들도 오랜 시간 그 자리에 있었다는 것, 그러니까 엄청나게 멋있을 거라는 뜻이니까요. 420엔의 입장료를 내고 친절하게 번역된 한국어 지도를 한 장 받아들고는 식물원으로 입장합니다. 들어서자마자 거대한 나무들이 눈앞에 펼쳐져요. 나무들이 어찌나 크고 곧은지 사진 한 장에는 다 담을 수 없을 정도이지요. 급하게 핸드폰을 꺼내 파노라마 모드로 열심히 나무의 머리끝부터 발끝까지 찍으려고 노력했지만, 아무리 여러 번 찍어도 내 눈앞에 서 있는 나무의 근사함을 사진으로 다 담을 수 없어서 결국 포기하고 말았어요.

식물원 초입의 침엽수림 어느 근사한 나무 아래에 자리를 잡았습니다. 꽤 큰 식물원이라 해가 지기 전에 모두 돌아보려면 조금 서둘러야 할지도 모르지만, 폭신한 잔디밭에서 아무것도 하지 않는 시간을 보내고 싶었어요. 두어 시간 뒹굴며 하늘을 지나는 구름, 날개를 펼치고 엎드려 광합성 하는 까마귀를 구경하고 한가하게 시간을 보내다 보니 현실과 단절된 기분이 들기 시작했어요. 몇 분만 걸으면 차가 있고 사람이 있는 길가로 나서게 될 테지만, 그런 건 하나도 중요하지 않은, 아무것에도 집중할 필요가 없는 시간이 펼쳐지더군요. 나는 좋은 공기와 좋은 나무들 사이에서 보내는 시간은 사람을 불행에서 끄집어내는 힘이 있다고 믿어요. 그것이 비록 순간적인 효과일지라도요.

한참을 침엽수림에서 보내고 천천히 식물원을 산책했습니다. 걷다 보니 이 식물원은 뭔가 좀 희한한 구석이 있어 보였어요. 거대한 나무들 사이에 예쁜 건물들이 서 있고 무슨 기념관이니 박물관이니 하는 이름이 붙어 있습니다. 건물들의 정체에 대해 골몰하며 이 구석 저 구석을 구경했어요. 대단할 건 없는 듯해도 이런 깨끗하고 오래된 나무 계단, 나무 창살로 엮은 늙은 유리창과 1층이 내려다보이는 높은 홀 같은 것들은 늘 아름답다고 생각합니다. 참으로 소중한 시간을 보냈습니다. 취향에 물 주는 고요한 시간이었어요.

다시 기념관을 나서서 습생원에 들어섰어요. 크기가 어마어마한 습지 생물들이 살고 있는 이곳은 역시 어둡고 축축하네요. 시공간이 뒤섞인 것만 같은 느낌이 들고요. 마치 영화 〈쥬라기 공원〉에서 본 것만 같은 장면! 어디선가 티라노사우루스 한 마리가 튀어나올 것만 같은 풍경입니다. 역시, 나는 습지 생물들이 풍기는 특유의 음습함을 참 좋아합니다.

조용히 물을 마시고 있는 새들을 방해하지 않으려고 살금

살금 걷고 소곤소곤 이야기를 나누며 걸었습니다. 가로수길과 장미 정원, 수목원을 차례차례 지나니 드디어 온실이에요. 어떤 식물원을 찾든지 온실은 그곳의 하이라이트라고 생각해요. 높고 거대한 유리 돔, 서로 경쟁하듯 화려하게 뽐내고 있는 이국적 모양새의 식물들은 언제나 근사하니까요.

그런데 이 식물원은 정말 특이하네요. 온실 복도에는 귀하디 귀한 식물들이 콘크리트 바닥에 널브러져 자라고, 온실 안의 화분들은 모두 알록달록해요. 이렇게 거대한 식물원 온실의 식물들이 화분에 살고 있다는 것도 신기한데, 시골 할머니댁 담벼락에서나 자랄 것 같은 모양새로 제각각 자리 잡고 있었어요. 아주 신선한 광경이었어요. 이렇게까지 사람을 감동시킬 생각이 전혀 없는 배열이라니! (너무 멋져!)

이들은 저마다 이유 있는 자리에 살고 있었습니다. 박쥐란과 고사리들은 비교적 자주 물을 필요로 할 테니 위치가 조금 낮고 해가 직접적으로 비추지 않는 곳에 자리하고 있었어요. 몬스테라는 덤불을 이루고 키를 크게 키워야 하니 벽 근처에 있었고요. 에어 플랜트들은 통풍이 원활하라고 만들어둔 각자만의 작은 집에 살고 있었습니다. 이곳은 결코 사람이 보기에 좋은 풍경을 만들기 위해 식물들을 가져다둔 곳은 아닌 듯했어요. 온실의 주인공은 온전히 식물들이었지요. 온실 속 식물들은 다들 예쁘고 건강해 보였습니다. 그 이상한 배치 또한 나름대로의 즐거움을 주었고요. 이런 식으로 그 식물원만의 특성을 찾아내는 것이 전 세계 모든 온실에 다 가보고 싶은 이유기도 합니다.

온실 구경을 마무리하고 라멘집으로 향했어요. 라멘을 먹는 동안 제멋대로 매력적인 세계를 구경하고 온 기분에 히죽히죽 웃음이 났습니다. 식물원을 뒤로 하고 앞을 향해 걸음을 재촉하는 일이 못내 아쉽다가도, 지구에 있는 모든 온실에 다 가겠다는 생각에 불타올라 괜히 몸까지 달아오릅니다. 기분 좋은 공상들이 매일을 살아갈 힘을 주는 것 같아요. 참 좋은 오후였네요.

첼시의 작은 약초원

긴 여행 중입니다. 오늘은 목적지가 없습니다. 언제 서울로 돌아가게 될는지도 모르겠어요. 지난 2주 동안은 밀라노와 스위스를 여행했습니다. 그리고 막 런던에 도착한 참이에요. 밀라노에서 식물로 둘러싸인 수직 정원을 구경했고, 체르마트에서는 파라마운트사의 영화가 시작될 때마다 화면에 등장한다는 마테호른을 보았습니다. 그린델발트에서는 초원을 걸었고, 바젤에서는 끝없이 양귀비가 펼쳐진 미술관을 찾았어요. 어느 도시에서나 건강하고 즐거운 식물들을 구경할 수 있어 다행한 날들이었습니다. 이 정처 없는 여행에서 런던에 온 이유도 지난 여정들의 모습과 다르지 않았어요. 마음속 최고의 식물원으로 자리 잡고 있는 큐가든. 이곳만을 생각하며 런던으로 왔습니다.

오랜만에 다시 찾은 큐가든은 여전히 구석구석 아름다웠어요. 사실 이번 여행은 지난주에 끝나기로 되어 있었습니다. 그런데 여행의 마지막 날, 차마 서울로 돌아가지 못하겠다는 기분이 들었어요. 이미 망가진 것, 앞으로 망가질 것, 혹은 어떤 현실을 마주하는 일을 끝내 미루고 싶었어요. 그래서 즉흥적으로 비행기 표를 변경하고, 멋진 정원이 지천에 널린 도시에서의 날들을 조금 더 연장하기로 했습니다.

급하게 숙소를 구하다 보니 빈 방이 남아 있는 호텔은 터무니없이 비싸거나 형편없는 곳뿐이었어요. 다행히 에어비앤비 어플리케이션에서 적당해 보이는 빅토리안 하우스가 있어 단숨에 예약했지요. 하루 전에 예약한 숙소는 영국식 정원이 딸린 예쁜 집이었습니다. 뒷마당에 커다란 드라세나 나무가 서 있고, 정원을 거닐다 산딸기를 따 먹을 수 있는 집. 이미 키가 다 자라 봉오리가 거대하게 부풀어 오른 백합이 있는 집. '우리 집의 백합들은 잘 지내려나' 문득 생각에 잠기게 하는 집이었어요. 우리 집 백합…… 싹이 틀 때부터 탄생을 지켜보고, 키가 자라고 꽃봉오리를 맺게 도왔는데, 꽃이 피는 순간만큼은 함께하지 못해 못내 미안하고 아쉬워졌어요.

집주인은 내게 런던에서 즐거웠던 일들에 대해 물었어요. 나는 "큐가든이 가장 좋았습니다"라고 대답했습니다. 그는

"첼시 피직 가든chelsea physic garden에 가보았나요?"라고 묻더니 이곳에 대한 찬사를 늘어놓습니다. "첼시 피직 가든은 제가 큐가든보다 더 좋아하는 곳이에요. 큐가든과 비교하면 이곳은 좀 더 영국적이며 주제가 뚜렷한 정원이라고 할 수 있지요."

첼시 피직 가든을 원문 그대로 풀이하면 '첼시의 약초 정원'입니다. 그러니까 이곳은 약용으로 쓰이는 식물들 위주로 이뤄진 작은 식물원일 수 있겠어요. 그런데 아무래도 집주인의 말에 수긍이 가지는 않았어요. 큐가든보다 더 좋을 리가, 런던 한복판에 그런 약초원이 있을 리가 없다고 생각했으니까요. 하지만 이미 내 두 다리는 미지의 정원을 향해 걷고 있었습니다.

기대와 의심을 동시에 안고 첼시 피직 가든에 도착했어요. 활기 넘치는 분위기와 스트리트 아트, 빈티지 숍들이 즐비한 런던의 동쪽을 훨씬 좋아하는데, 이번 런던 여행에서는 특별히 서쪽에 많이 가는 것 같아요. 템스강을 끼고 있는 동네. 멋들어진 집들과 보폭이 넓고 우아하게 걷는 사람들이 가득한 동네. 조지 엘리엇이 살던 동네. 이곳 어딘가에 식물원이 있구나. 여러 생각들을 떠올리며, 고급 주택가 거리를 따라 걸어왔습니다. 그 길의 끝에서 약초 정원이 나타났어요.

첼시 피직 가든은 아주 작았어요. 온종일 돌아도 다 못 보는 식물들이 넘치는 큐가든과는 전혀 다른 규모의 정원이었지요. 입장료를 지불하자 친절한 매표원이 2분 뒤에 무료 가든 투어가 시작된다고 알려주었어요. 별다른 계획 없이 도착했는데, 때마침 투어가 시작된다고 하니 사람들 틈에 끼어 가이드의 설명을 듣기로 했습니다. "음식이 약이다"라고 쓰인 작은 리플릿을 하나 받아 들고 가든 투어의 꽁무니를 따라 천천히 걸었어요.

첼시 피직 가든은 무려 1673년에 지어진, 영국에서 가장 오래된 식물원이라고 해요. 본래는 런던 약사 협회의 견습생들을 위한 실습장으로 세워졌는데, 이제는 일반인들에게 개방된 식물원으로 사랑받고 있다고 합니다. 무려 347년 전부터 존재해온 식물원이라 구석구석 멋들어지게 낡은 물건들이 놓여 있는데 돌멩이 하나, 벤치 하나에도 수많은 이야기가 숨 쉬고 있음이 느껴졌어요. 두통 치료에 쓰이는 약초나 소화에 도움이 되는 약초부터 잇몸의 통증을 없애주는 약초나 항암에 도움을 주는 약초까지, 사람에게 이로운 꽃과 풀들이 정원을 가득 채우고 있었습니다. 물론 독성이 가득한 식물들, 가볍게는 두드러기나 배앓이, 죽음에 이르게 하는 가는 독초도 있었고요. 이런 약초들은 해골 모양을 그려둔 표지판으로 안내되고 있었습니다.

독초에 대해 열심히 설명해주던 투어 가이드가 진중한 목소리로 이런 이야기를 들려줬어요. "식물은 동물과 달리 숨거나 도망갈 수 없습니다. 식물에 독성이 있는 이유는 스스로를 보호하기 위해서지요. 그렇지만 우리가 그것을 독이라 부른다고 해서 다 해로운 건 아닙니다. 적절하게 양을 맞춰서 쓸 경우 약이 되는 게 바로 독의 이면이지요." 가벼운 마음으로 따라다니던 투어에서 갑자기 인생의 진리를 깨달은 것처럼 고개가 끄덕여지고 눈물이 차올랐어요.

숨거나 도망갈 수 없어서 독을 품게 되는 삶. 모든 것을 겸허히 받아들이는 자세로, 비와 흙과 바람에 생명을 맡기는 삶. 식물들의 삶이 좀 더 숭고하게 아름다운 이유겠지요. 우리 모두에게도 각각 존재의 이유가 있을 거예요. 그러나 삶을 향한 의지는 점점 희미해지고 어두워져서 잘 보이지 않는 날도 있습니다. 가끔은 삶의 모퉁이마다 걸림돌이, 함정이 있고, 괜찮을 거라 마음먹어도 마음은 형편없이 주저앉아버리기도 해요. 그럼에도 우리는 적어도 스스로 의지에 따라 도망칠 수 있고 숨을 수 있고 가끔은 맞설 수 있는 존재입니다.

구석구석 아름다운 정원을 구경하고 '멘탈 웰빙'이라는 표지판을 꽂아둔 코너에 한참을 앉아 있었어요. 탐스럽게 피어난 한련화와 레몬나무가 곁을 묵묵하게 지키며 같은 공기를 공유해주었습니다. 바람이 참 좋았어요. 바람결에 실려오는 로즈메리, 라벤더의 향기도 좋았습니다. 아직 덜 자라 껍질색이 옅고 약해 보이는 레몬들이 바람에 살짝 흔들리는 것도 좋았습니다.

영국에서 열매를 맺는 나무 중 가장 큰 올리브 나무, 향과 촉감까지 모두 풍부하게 느낄 수 있도록 배치된 식물들, 낡고 자그마한 유리온실까지. 첼시 피직 가든은 참으로 아기자기하고 사랑스러운 식물원이었어요. 기약 없는 날들 가운데 만난 아주 큰 위안이었습니다.

아마존이 존재하는 세상

매일 아침, 일어나자마자 핸드폰부터 찾아 듭니다. 많은 식물과 함께 살기 시작하면서부터 핸드폰을 잠금 해제하고 날씨를 확인하는 것이 하루 일과의 시작이 되었기 때문이에요. 한 가지 날씨 어플리케이션만으로는 그날의 날씨를 정확하게 가늠하기 어려우니 두세 가지를 체크하고 나서야 나름대로 그날의 날씨를 예상해요. 오후엔 비가 올 것 같으니 테라스의 식물들에게는 물을 주지 않아도 되겠네. 온종일 해가 쨍쨍할 것 같으니 누구누구는 차광이 필요하겠구나. 마음속으로 중얼거리며 하루를 시작하지요.

아직은 습도가 충분한 여름이라 거실에서는 관엽식물들이 새순을 활짝 펼치고 기분 좋은 기지개를 펴는 중입니다. 풍부한 일조량 아래 레몬나무와 공작 단풍나무가 아름다워요. 그래서 금방 가을이 다가올 것을 생각하면 마음이 착잡해집니다. 건조한 가을이 다가오면 내 정원의 식물들이 물들고 곧 낙엽이 지겠지. 여름 식물들은 그 풍성한 이파리를 바싹바싹 말리기 시작하겠지. 아침저녁으로 불어오기 시작한 시원한 바람이 반갑고도 무서워요.

봄가을의 건기가 길어지면 슬프게도 매번 크고 작은 산불이 일어납니다. 올해도 어김없었어요. 가장 마음 아팠던 소식은 식목일에 크게 번진 산불이었어요. 식목일 바로 전날인 4월 4일 강원도 고성에서 시작된 작은 불씨가 밤새 활활 타올라 식목일까지 나무를 태우고 인명과 재산, 동식물에 큰 피해를 입혔다고 해요. 수십 살. 수백 살 먹은 나무들이 불에 타고, 그 숲을 터전으로 살던 곤충들과 동물들, 사람들 모두 한순간 살길을 잃게 만든 거대한 불길. 이번 식목일 화재는 국가 재난 사태로 선포될 정도로 그 규모가 컸습니다. 이틀 만에 축구장 500개 면적의 산림이 사라졌다고 해요. 마음이 타들어 가고 할 수 있는 일이 없다는 현실에 큰 무력감을 느껴요.

그리고 얼마 전, 믿을 수 없는 소식, 더 정확히는 믿고 싶지 않은 소식이 있었습니다. 아마존 열대우림이 불에 타고 있다는 뉴스가 보도된 것이었어요. 참담한 현장 사진들을 보니 정말로 지금, 지구에 실시간으로 일어나고 있는 일이었어요. 그 사실을 알고 나니 좀 심각해졌습니다. 매일 아침마다 찾아보는 것들이 달라지기 시작했어요. '아마존 화재' 'G7 아마존' '아마존 화재 진압' 같은 단어들을 한참 검색하다가 한국 매체들의 뉴스로는 부족해 해외 매체를 들락거리며 상황 변화를 쫓았습니다. 화재가 진압되었다는 걸 빨리 확인하고 싶었던 것 같아요.

나는 환경운동가는 아닙니다. 그저 집에서 화분을 키우고 꽃과 이파리가 주는 기쁨을 즐기는 개인, 딱 거기까지입니다. 하지만 그런 내 눈에도 무엇이 중요한지, 또 무엇을 지켜야 하는지 보입니다. 아마존은 지구 산소 발생량의 20퍼센트 이상을 담당하고 있고, 각종 희귀 동물과 식물들의 터전이에요. 이번 아마존 화재가 더 놀랍고도 마음 아픈 이유는, 화재를 키운 것, 심지어는 이 화재를 일으킨 것 모두 사람이라는 사실 때문입니다. 과거에도 아마존에서는 이와 같은 사고가 번번이 있어 왔어요. 이미 사람 손에 파괴된 아마존 산림의 65퍼센트 이상이 목축 산업에 이용되고 있지요. 화재 사고에 대한 안일한 대처 또한 불을 키우는 데 기여했고요. 매분 매시간 타들어가는 아마존보다 정치적 위신을 앞세우며 시급히 불 끌 의지를 보이지 않았어요. G7 정상회의에서 화재 진화를 돕기 위해 지원금을 마련했음에도, 국가 간의 신경전으로 귀한 시간을 낭비했습니다. 이 화마는 벌써 3주를 넘기고도 여전히 활활 타오르는 중입니다. 1분당 축구장 1.5개 분량의 면적이 불에 타 사라지고 있습니다. 바로 이 순간, 그 거대하고 아름다운 숲의 냄새, 평온한 동물들과 나무들이 사라지고 있어요.

아마존 화재가 진압되었다는 뉴스를 간절히 기다립니다. 아름답고 거대한 열대우림과 그곳의 자유로운 동식물들이 고통받는 상황이 하루 속히 멈추길 바랍니다. 이번 화재는 많은 생각을 불러일으켰어요. 일회용기에 포장된 음식을 쉽게 먹고 남기던 과거의 모습을 돌아보게 했고, 어떻게 하면 옳은 방향으로 세상을 나아가게 할 수 있을까 하는 순진한 생각에 빠뜨렸습니다. 아무것도 모르고 쉽게 취하고 버리는 쪽이 훨씬 편하기 때문에, 깨어 있는 사람으로 살기는 꽤나 귀찮고 번거로워요. 그래도 꼭 바라봐야 할 것들을 피하지 않고, 지켜야 하는 일에 목소리를 내는 사람이 되고 싶습니다. 방관자가 되어 이 일은 나와 상관없는 일이야, 모른 척 외면하고 싶지는 않아요. 내 자리에서 할 수 있는 만큼 최선을 다해 가치 있는 것들을 지켜나가고 싶습니다.

매일의 소소한 남천

집에서 수영장까지는 걸어서 15분이 걸립니다. 근육을 많이 쓰는 운동이 어쩐지 무서워 수영을 즐겨요. 종종 옆 동네의 수영장에 가서 아주 천천히 자유형 스무 바퀴를 도는 것이 나만의 운동법이지요. 조금 차가운 물의 온도와 수영장 냄새, 손끝으로 물살을 가르는 기분을 무척 좋아해요.

수영장에 도착해 수경에 김 서림 방지 약품을 바르고 머리를 감은 후 물에 들어가는 데에도 15분이 걸립니다. 오후 열두 시 자유 수영 시간에 맞춰 도착하기 위해서는 30분 전에는 집에서 나서야 하지만 늘 아슬아슬하게 출발해 아슬아슬하게 도착합니다. 수영장으로 걸어가면서는 빠른 음악을 들어요. 심장이 뛰는 속도보다 훨씬 빠른 박자의 음악을 들으며 보폭을 넓히고, 제시간에 도착하는 것에만 집중해요.

평일 오후 열두 시의 수영장은 정말 근사해요. 10년이 훌쩍 넘은 프리랜서의 삶에는 4대 보험이나 보너스는 없지만 평일 오후 열두 시의 수영장이 있습니다. 평일 아침 일곱 시, 주말 오후 열두 시의 수영장에서는 기대할 수 없는 쾌적한 인구밀도. 이것은 오직 평일 오후 열두 시의 수영장에서만 가능한 것이에요.

1,000미터를 수영하는 데는 30분이 걸려요. 나만의 리듬으로 왼손을 밀어내고 오른손을 밀어내기를 반복합니다. 물 밖으로 나와서는 다시 수영장 냄새를 깨끗하게 씻어내고요. 쏟아지는 햇볕 속 수영장 밖으로 나오면 반짝이는 개운함에 사로잡힙니다.

집으로 돌아가는 1.2킬로미터의 길은 15분 만에 끝나는 일이 거의 없어요. 서둘러 수영장에 가느라 놓친 것들은 천천히 집으로 돌아오는 길에서는 보이기 시작하니까요. 천천히 걸으며 계절의 변화와 공기의 냄새를 확인해요.

수영장에서 집까지 돌아가는 인적이 드문 길은 세 가지 섹션으로 나뉘는데, 그중 첫 번째 섹션은 바로 내가 가장 사랑하는 '남천 길'입니다. 하루만큼 달라진 남천 이파리의 색깔과 강의 물줄기를 겪습니다. 그렇게 수영장에서 집으로 돌아가는 봄엔 두 번째 섹션의 벚나무가 나를 즐겁게 만들어주고,

가을 겨울엔 늘 남천이 내 발길을 잡아끌어요.

'남천 길'에는 사람들이 많이 다니지 않아요. 차들만 빠르게 지나가는 길의 가장자리에 남천들이 빼곡하게 살고 있을 뿐이에요. 봄과 여름에는 무성한 초록 이파리를 자랑하는 남천은 줄기가 여럿으로 갈라져 자라나며, 길거리에서 흔하게 볼 수 있는 식물이에요. 관상용으로도 인기가 많고 상록수이기 때문에 정원이나 길거리에 심어두고 관리하기도 편하지요.

봄의 남천도, 여름의 남천도 아름답지만 나는 가을의 남천과 겨울의 남천을 정말 좋아합니다. 이맘때의 남천들은 정말 복잡한 아름다움을 지니고 있어요. 각자의 속도와 각자의 사정에 따라 제각각의 형태와 색을 입고 있지요. 어떤 남천은 새로 연둣빛 이파리를 올리기도 하고, 어떤 남천은 끄트머리만 노랗게 말라 붉고 초록이며 노랑인 복잡한 얼굴로 서 있습니다. 다들 각자의 이유로 다른 얼굴을 하고 있어요. 해가 너무 많아서, 해가 부족해서, 추워서, 아직 덜 추워서, 영양분이 부족해서, 뿌리가 복잡하게 꼬여 있어서…… 저마다 각기 다른 이유로, 각기 다른 색으로 세상을 맞이하고 서 있는 이들이 아름답습니다.

'남천 길'을 천천히 지나 두 번째 섹션에 들어서면 벚나무가 잔뜩 서 있는 강을 건너고, 강을 건너면서는 종종 물 밑의 검은 그림자들을 구경해요. 크기가 제법 커다란 민물고기들이 열심히 헤엄치고 있습니다. 집으로 돌아오기 직전인 세 번째 섹션에는 편의점과 커피숍, 식당들이 즐비합니다.

뒤늦은 가을을 벗어던지고 온전한 겨울을 향해 달려가는 11월의 끝자락. 이제 곧 눈이 쌓이게 내릴 테지요. 집으로 돌아오는 한적한 길의 남천들이 조용히 눈 맞은 모습으로 빨갛게 나를 기다릴 거예요. 이 사실만으로도 다가오는 겨울은 벌써 견딜 만해지는 것 같아요.

한번은 바닥에 떨어진 남천 열매를 주워 정원에 심어둔 일이 있습니다. 발아까지 몇 개월에서 몇 년이 걸린다고 해서 넋 놓고 기다렸지만 아무리 기다려도 남천 열매는 소식이 없었어요. 그래도 다시 심어봐야지, 기분 좋은 생각을 하면서 느릿한 발걸음으로 집으로 돌아옵니다.

이 일상적인 아름다움을 목격하는 것이 스스로에게 주는 작은 기쁨이에요. 인적 드문 이 길 위에는 남천에 주목하는 사람들이 많지 않겠지만, 그래도 분명 또 다른 누군가도 이 길의 남천들을 마음 깊이 애정하고 있으리라 믿어요. 가끔씩 찾아오는 대단한 행운보다, 매일 만나는 소소한 즐거움을 더 중요하게 여겨야 한다는 이야기를 기억합니다.

작은 기쁨을 발견하려는 마음 그 자체가 소중한 것들을 가져다주는 것일지도 몰라요.

Epilogue

지난 몇 개월간 나는 매우 개인적이며 보편적인 불행을 겪었습니다. 모든 것이 그대로 머물 것이라는 근거 없는 낙관으로 살던 날들이 종료되었습니다.

상처받은 나는 순식간에 과거의 나와 함께 용기와 자기애를 잃어버렸습니다. 나는 희미해졌습니다. 정확히 어떤 형체를 가진 존재인지 알아볼 수 없을 지경이 되어 몇 달을 멍하게 보냈습니다. 세상은 그대로인데 나만 세상으로부터 뚝 떨어져 하릴없이 부유했습니다.

나의 보편적 불행 속에는 '존엄'이라는 단어가 종종 떠올랐어요. 생명의 존엄을, 식물의 존엄을 해치지 않는 사람이 되고 싶다고, 타인의 존엄을 지킬 줄 알아야지만 스스로 존엄을 지닌 존재가 될 수 있다고 생각했습니다.

행복한 날에도, 불행한 날에도, 해가 내리쬐는 날에도, 비가 오는 날에도 언제나 최선을 다해 식물 친구들을 돌보았습니다. 그렇지만 슬픔에 잠식된 채로 최선을 다한다 한들 식물을 아름답게 지키기엔 충분하지 않았던 것 같아요.

칼라데아 오르비폴리아라는 이름의 식물이 있습니다. 워낙 예민한 녀석이지만, 두 해 전 여름 내 곁으로 와서 하루가 다르게 아름답고 생기 넘치는 모습을 보여주던 친구였지요. 내가 불행에 빠지던 순간부터 오르비폴리아는 금세 생기를 잃었습니다. 걷잡을 수 없이 이파리가 상하는 오르비폴리아를 통해 나의 모습을 보았어요.

습도가 낮아질라, 새순이 상할라 밤낮없이 돌봄 받을 때의 아름다움은 온데간데없고, 시들한 부양자를 따라 건강을 잃어가는 오르비폴리아. 그 안에 불행에 취해 마음이 말라비틀어진 나의 모습이 있습니다.

불행에 취하지 말자고 다짐합니다. 이미 세상에 뿌려둔 다짐이 얼마나 많은가 생각하면 새로운 다짐을 하는 것이 망설

여지지만, 그럼에도 다짐을 해봅니다.

불행으로부터 힘껏 도망갈 수 있기 위해 최선을 다해 식물들과 충만한 시간을 나누고, 일찍 일어나 커튼을 걷습니다. 괴로움에 빠져 아무것도 보이지 않는 날에는 나를 아껴주는 주변 사람들의 눈을 통해 나를 봅니다. 과거의 내가 써놓은 글들 안에서 상냥하고 따뜻한 내 마음을 찾아 헤매기도 합니다. 그러다 보면 조금 안개가 걷히는 것 같기도 해요. 내가 가꾸는 것이 나의 삶이고 나의 정원이라는 것을 깨닫게 돼요.

아름답고 흠결 없이 완벽한 날도, 형편없는 모양으로 겨우 하루를 사는 그런 날도 모두 나의 삶이고 나의 정원이에요. 불행 속에서도 하나의 씨앗을 심는 마음이 중요하다는 사실을 이제는 알 것 같습니다.

꽤 오랫동안 작업한 이 책이 드디어 세상에 나올 수 있게 되어 내 정원에는 소중하게 아끼는 것이 하나 더 늘었습니다.

식물들을 향한 나의 러브레터를 읽어주셔서, 거기에 그치지 않고 이 마지막 글까지도 꼼꼼히 읽어주셔서 감사합니다.

조금 괴로운 당신에게 식물을 추천합니다.

조금 괴로운 나도 계속 식물과 함께 살아가겠습니다.

조금 괴로운 당신에게 식물을 추천합니다

초판 1쇄 발행 2020년 2월 21일
초판 6쇄 발행 2021년 6월 21일

지은이 임이랑
책임편집 염은영
디자인 주수현

펴낸곳 (주)바다출판사
발행인 김인호
주소 서울시 마포구 어울마당로5길 17 5층(서교동)
전화 322-3885(편집), 322-3575(마케팅)
팩스 322-3858
E-mail badabooks@daum.net
홈페이지 www.badabooks.co.kr

ISBN 979-11-89932-50-3 03810